Mientras respires, estás a tiempo

Leti Arévalo

Mientras respires, estás a tiempo

RANDOM
CÓMICS

Penguin Random House Grupo Editorial

Primera edición: febrero de 2025
Primera reimpresión: abril de 2025

Travessera de Gràcia, 47-49. 08021 Barcelona

Printed in Colombia – Impreso en Colombia

ISBN: 978-84-19441-24-9

A los cuatro hombres
que hacen de mi vida un milagro:
Tiago, Mateo, Keith y Gonzalo

*

Lo que sucede
es lo que ES,
lo que hacemos con ello
es lo que SOMOS.

- PROVERBIO ZEN -

Prólogo:

Creo que «lo simple enamora», así que he escrito el libro simple, corto y profundo que me gustaría leer.

Creo que cada ser humano tiene una historia que contar y esta es la historia de muchos, la recopilación que hice de mi experiencia acompañando «procesos» (nótese que utilizo la palabra «procesos» como sinónimo de «personas»). En estas líneas está tu historia y está la mía.

Creo que los adultos necesitamos a alguien que nos cuente un cuento con moraleja, una carta de amor en el primer cajón de la mesita de noche, alguien que nos diga «te quiero» cada día, que nos dé una palmadita en la espalda cuando las cosas se ponen difíciles o que nos diga «si no sana hoy, sanará mañana». Pero divulgo el amor propio y la autoestima porque tengo la convicción de que deberíamos primero convertirnos en esa persona para después encontrarla fuera.

Creo que «la vida es simple y el amor es dar». Cualquier objeción a estos dos enunciados es resistencia y he aquí la clave: lo que duele no es la vida o el amor, sino la resistencia.

El siguiente libro es una recopilación de cartas, doce cartas, para ser exacta. Doce, como los meses que tarda la tierra en dar una vuelta completa al sol; doce, como los signos del zodíaco y como los pares craneales que nacen en el cerebro y nos permiten movernos, sentir y, básicamente, existir.

Ojalá no salgas ileso de este texto.

Te abrazo apretado.

Con amor,

Leti

Lunes, 11 de febrero, 11 h.

Querida Mar:

Sé que es una locura, sé que nunca en la vida pensaste que iba a llegar el momento en que te escribiera una carta de puño y letra... Sí, es una locura, pero es lo menos loco de todo lo que tengo que contarte.

Voy a ir al grano, sin anestesia.

¿Te acuerdas del día que me ingresaron por algo en los riñones, hace como un mes?

¿Y te acuerdas de que, después de eso, tuve que hacerme mil pruebas?

Bueno, malas noticias, hermanita, me han detectado algo malo en el corazón, que era lo que me estaba afectando a los riñones. En mi vida me hubiera imaginado que corazón y riñones podían llegar a funcionar juntos, pero parece que sí.

Me resultaba extraño que me mandaran de un médico a otro, a mí, ¡que siempre he sido la mujer más sana del mundo! Me sentía como una patata caliente que los doctores se pasaban sin darme explicaciones: del urólogo sin decirme nada me mandaban al endocrinólogo, del endocrinólogo al flebólogo, del flebólogo a otros cuatro o cinco más y, al final, llegué al cardiólogo, que me lanzó un jarro de agua fría con la noticia: una malformación en el corazón que ha estado siempre ahí, pero que ahora, quizá por el estrés, por la edad o por idiota, puede causar problemas graves.

Me pellizqué varias veces seguidas para verificar si todo eso era una pesadilla o era real, sentí cómo mi respiración se entrecortó y la piel se me erizó, como si alguien hubiera abierto la ventana dejando que se colara una ventisca helada. Sentí que el cuerpo se me desplomaba, pero sin desplomarse, creo que la metáfora que utilizaría para explicar mejor esta sensación es que «se me vino el mundo abajo»... En realidad, «se me vino el mundo encima», la que quedó debajo, aplastada, fui yo.

Lo primero (y lo único) que se me ocurrió preguntar en ese momento fue: ¿cómo es de grave?

El médico me dijo que era como si mi corazón estuviera cansado y poco a poco comenzara a rendir menos. Al rendir menos, todos los demás órganos de mi cuerpo empiezan a funcionar mal. Mi corazón se está deteriorando diez veces más rápido que el de una persona normal y hay que hacer algo para ralentizar ese deterioro porque si no, en vez de vivir cuarenta años más, viviría cuatro.

Cuando me soltó la noticia me quedé sin habla. Todo me daba vueltas y supongo que el médico se dio cuenta, porque enseguida me soltó un discurso motivacional sobre lo joven que era y lo sana que había estado hasta ese momento. Me prometió que harían todo lo posible para que siguiese adelante, con la mejor calidad de vida posible.

Creo que me esforcé por esbozar una sonrisa, digo «creo» porque no estoy segura de que me saliera, no tenía fuerza ni para eso.

El doctor llamó a su secretaria, que fue muy amable: me ofreció una silla, descolgó el teléfono para que no sonara constantemente (porque se estaba volviendo muy molesto) y empezó a darme citas con médicos, laboratorios, etc. Yo escuchaba todo como si estuviera en una tercera dimensión, como si me hubiera fumado un porro y todo eso no fuera real, como si estuviera disociada. Hasta que me dijo dos cosas que me bajaron a la tierra: la primera fue que me recomendaba empezar un tratamiento psicológico (yo, que no fui al psicólogo ni siquiera cuando papá y mamá murieron en aquel accidente y nos quedamos solas con dieciocho y quince añitos); la segunda, que iba a necesitar el apoyo y el acompañamiento de mis seres queridos… Pensé en ti antes que en nadie, pero me acordé de tu barriguita, de los mellis en camino, de los siete años que llevas buscando este momento y de las mil pruebas y tratamientos que tuviste que hacer para al fin cumplir tu sueño de ser mamá. Te descarté, hermanita, no quise arruinar tu felicidad ni preocuparte. No me perdonaría que os pasara algo malo a ti o a mis amados sobrinitos por mi culpa. Preferí no asustarte y por eso no te he contado nada hasta ahora.

La segunda opción de ser querido que me vino a la mente fue Fabio, mi amor, mi compañero… Tremendo hijo de puta y el culpable de que te esté escribiendo esta carta aquí y ahora.

Le conté lo que estaba pasando y se quedó en *shock*, como yo. No lloró, pero vi su cara de sorpresa y pena, me abrazó y me dijo que saldríamos juntos de esto.

Tremendo HDP, en mayúsculas.

La verdad es que al principio fue bastante atento y buen compañero, me hacía sentir amada y cuidada. Incluso se pidió un día libre para acompañarme a hacerme una prueba que me hizo vomitar como la niña del exorcista (te lo juro, no exagero).

La cosa cambió el viernes pasado. Yo tenía cita a las siete de la tarde con el mismo doctor que me dio el diagnóstico y me mandó a hacer un millón de pruebas (por si algún día te lo cruzas, es igual al Míster Increíble de la película de Pixar, pero con gafitas). Fabio pidió permiso para salir media hora antes del trabajo para pasar a buscarme y acompañarme a llevar los resultados. Creo que sabía que iba a ser duro, pero no se imaginó que tanto.

El doctor me dijo un montón de cosas malas, pero hay una, solo una, que hizo que Fabio se girara a mirarme. Me dijo que mi cuerpo no podría permitirse un embarazo, o sea, que no iba a poder tener hijos…, así, sin vaselina, sin una mínima ni remota esperanza.

Fabio me miró y fue horrible, porque lo que vi en sus ojos no fue preocupación o tristeza; fue decepción.

En ese momento no lo vi tan claro, estaba tan rota que no vi su dolor, solo podía sentir el mío.

Volvimos sin hablar, sin llorar, sin nada, como si cada uno estuviera ahogado en su propio mar. Compramos comida china, que nos encanta, pero no la saboreamos, apenas la masticamos y tragamos como pudimos.

Esa noche dormimos tomados de la mano. Yo necesitaba dormir abrazada, pero no le salió y lo entendí. Habíamos estado planeando un embarazo para este fin de año, Mar, habíamos estado juntando días de vacaciones en el trabajo para irnos dos meses a recorrer las costas del Mediterráneo, habíamos sacado billetes y pensábamos tener sexo en cada cama, cada noche, hasta quedarnos secos o embarazarnos (lo que sucediera primero).

El silencio se prolongó todo el sábado y la noche del domingo fue muy fría, ni siquiera nos dimos la mano. No me pude dormir, sentía una mezcla de rabia, impotencia, dolor, injusticia, vacío… Me sentía fallada, o mejor dicho «fallando».

Esa mañana me levanté y no estaba, se había ido a almorzar con su madre y me lo dijo por un mensaje de WhatsApp. Primero me enfadé y después entendí que quizá era mucho para él y necesitaba desahogarse con su madre. Por un momento me dio envidia que tuviera una madre con la que desahogarse y me sentí una mierda por pensar así.

Llegó a eso de las cuatro y me saludó sin un beso, con una mano en la espalda. Antes de que yo pudiera hablar, me dijo que, si no podía darle un hijo, no quería seguir conmigo.

Te he dicho que era un HDP, en mayúsculas otra vez.

No lo tengo muy claro, porque algo se apoderó de mí y comencé a llorar como una loca, a suplicar que se quedara. Pasaba de rogar a insultarlo como si estuviera inhalando y exhalando. Empezó a sacar su ropa de los armarios y a meterla en maletas. Me ignoraba y me dejaba gritar sin contestarme, sin dejarme mirarlo a los ojos. Yo quería ver si estaba llorando, necesitaba ver si le dolía tanto como a mí, pero no podía verle la cara, me daba la espalda todo el tiempo.

Ahora mismo tengo un nudo en la garganta y se me llenan los ojos de lágrimas, así que voy a dejar de hablar sobre esto. Lo último que recuerdo es que me dio un beso en la frente y se marchó, sin portazo, tranquilo, como si se fuera a trabajar, pero con las maletas llenas de sus cosas.

No recuerdo nada más.

Al parecer, Nelly oyó los gritos y entendió que estábamos rompiendo, así que me preparó unos *brownies* con nueces, de esos que nos hizo cuando se enteró de lo de papá y mamá y vino a decirnos que si necesitábamos algo llamáramos a la puerta 6 A, que ella no tenía nietos, pero nos adoptaba, ¿te acuerdas? Al parecer lo oyó todo y por suerte, o milagro, se dio cuenta de que yo me había quedado dentro y cuando no respondí a su llamada se preocupó. Golpeó varias veces a la puerta y cada vez más fuerte, hasta que llamó a Don Armando y entre los dos echaron mi puerta abajo y entraron.

Es lo único que sé porque me desperté en el hospital, llena de cables y pinchada por doquier. Estoy en una especie de pecera (como una habitación individual acristalada) donde nadie puede entrar sin estar cubierto de pies a cabeza.

¡Me perdí los *brownies* de Nelly, Mar!

Aquí viene lo importante, y te pido que trates de ponerte en mi lugar cinco minutos antes de enfadarte o empezar a insultarme.

Cuando me desperté, confusa y pensando en el puto Fabio, me dijeron que mi corazón era de repente como el de una persona de ochenta años. Me dijeron que había estado dormida varias horas porque llegué con una especie de taquicardia que tuvieron que calmar con algo, me dijeron el diagnóstico, pero no lo recuerdo. Al fin y al cabo, eran solo palabras difíciles de entender y de pronunciar.

Cuando estuve un poco más calmada apareció el doctor para decirme que mi corazón no podía más y que era cuestión de días que dejase de funcionar. Otro mazazo más, y ya van… La única buena noticia es que el resto de mis órganos funciona sorprendentemente bien y, al ser joven, estoy en los primeros puestos en la lista de espera para recibir un trasplante de corazón.

Solo ahí pude dejar de pensar en Fabio y pensar en ti, hermanita, en mis tan anhelados mellis, en las ganas que tenía de conocerlos y malcriarlos.

No te voy a engañar, no tengo mucho tiempo. El doctor me dijo que como mucho una semana.

Me dijo que no habían podido contarle mi diagnóstico a Nelly porque, como no es familiar, necesitaban mi consentimiento.

Me facilitaron un teléfono fijo para poder hablar desde mi habitación porque no hay cobertura del móvil, así que para cualquier llamada que quiera hacer tengo que hablar con las enfermeras y ellas se encargan de habilitar la línea.

También me explicó que no tengo glóbulos blancos, que son las células de la sangre que se encargan de defenderme, así que, de ahora hasta el trasplante, cualquier persona que entre en mi habitación va a tener que estar tapada de pies a cabeza como si entrara en un quirófano. Me repitió muchas veces que es de vital importancia que las visitas y todo el personal del hospital sigan este protocolo, cualquier irregularidad puede ser fatal para mí.

Me quedé sin habla.

La médica se fue y la enfermera se metió en el baño. Salió con una cuña y me dijo que cada vez que necesitara algo presionara el botoncito que tenía en el cabecero de la cama.

Fue la primera persona desde que empecé a vivir esta mierda que me miró con amor, con seguridad, sin miedo, sin lástima. Creo que sonrió (no le vi la sonrisa por la mascarilla, pero vi cómo se le hacían arruguitas alrededor de los ojos) y mirándome fijamente me preguntó si estaba lista para llamar a mis familiares y contarles lo que estaba viviendo.

Si supiera que mi única familia eres tú…

Te llamé, Mar, estaba dispuesta a contártelo todo, te lo juro.

Me atendió Pepe. Me sorprendió tanto que miré el teléfono a ver si te había llamado a ti o a él sin querer. Había marcado bien el número, pero él tenía tu teléfono. Le pedí que me pasara contigo y me contó lo último que quería escuchar en ese momento: me dijo que no podías atenderme porque desde anoche estaban en urgencias, que te había subido mucho la presión y que tu vida y la de los mellis estaba en peligro. La voz le temblaba, pude sentir su miedo y su preocupación a pesar de la distancia.

Se me vino el mundo abajo, vi todo lo que tenía conectado y miré por la ventana, como si quisiera escapar y daros un abrazo a los cuatro, pero la verdad es que no tenía fuerzas ni para ponerme de pie.

En ese momento, y en menos de dos segundos, decidí no contaros nada. No me juzgues, hermanita, no me perdonaría que algo malo os pasase por culpa mía, no estabas para preocuparte por mí. Sé que me vas a odiar por esto y te pido perdón anticipadamente, pero elegí priorizarte, eres la persona a la que más amo y vas a crear más vida, dos vidas, para ser exacta. Sería una putada de mi parte tener que contarte que estoy justo de pie en el otro extremo, que me estoy despidiendo de la vida (o la vida me está despidiendo a mí, en realidad) en el momento que tienes que estar dando la bienvenida a los mellis… Yo me estoy yendo y ellos están llegando…, ¡vaya broma pesada de la vida!

Perdón, hermana, solo me salió decirle a Pepe que iba a estar de viaje por trabajo y que tendría poca señal y probablemente no pudiera contestar, pero que iba a encontrar la manera de llamarlo cada día para ver cómo avanzaban las cosas. Me salieron algunas palabras de aliento porque me partió el alma escucharlo así. Es el primer hombre en toda mi vida al que oigo llorar. Llegué a pensar que no lloraban, pero Pepe me devolvió la fe. Hay un hombre que sí llora, quizá sea el mejor hombre del mundo y obviamente tenía que estar con la mejor mujer del mundo mundial.

¡Sé que vas a estar bien, Mar! Lo sé con certeza, porque tú siempre estás bien. Eres la persona más valiente que conozco y realmente te admiro profundamente. Te confieso que me ves fuerte porque me puse la capa de Wonder Woman el día en el que nos quedamos solas, me comí el rol de hermana mayor y siempre quise demostrarte que era un roble para que no tuvieras miedo o te sintieras desprotegida, pero, con capa y todo, siempre supe que la fuerte eras tú.

Siempre me motivaste a superarme y esta vez no es la excepción. Fíjate en que, aun sin atenderme al teléfono y sin saber nada de lo que estoy viviendo, me motivas a luchar por mi vida, a no bajar los brazos, a sobrevivir para contártelo y para ser tía. TÍA…, casi puedo oírlo con voz de niño y se me llena mi corazón viejito de emoción.

Por ti, por ellos, por Pepe, que me cae de puta madre, voy a sobrevivir a esta pesadilla.

Te prometo dos cosas:

La primera es que voy a escribirte cartas contándote todo lo que voy viviendo estos días. No para darte lástima, sino para no olvidarme de nada, para que podamos leerlas juntas en alguna playa paradisíaca tomando agua de coco (del mismísimo coco, con una pajita). Nada de alcohol porque seguro que vas a estar dando de mamar.

La segunda es que, si la cosa se empieza a poner fea, si por alguna razón mi corazón no resiste o ese corazón de repuesto no llega a tiempo, te voy a avisar para que al menos podamos saludarnos por teléfono.

Obviamente prefiero lo de la playa paradisíaca, claro está.

Se me ocurre que podríamos ir a Menorca o a Fiyi, da lo mismo, que haya mar y cocos…, solo pido eso.

Mar, desearía darte un abrazo muy apretado y ser la hermana fuerte que fui siempre para ti en este momento difícil de tu vida, desearía acompañarte y darte la mano para que sepas que estoy contigo, que siempre voy a estarlo, de una manera u otra.

Voy a rezar por ti (ja, ja, ja, creo que ha llegado el momento de creer que hay un dios y rezar a ver si me escucha, aunque haya sido una rebelde los últimos treinta y tres años de mi vida).

¡Hasta la próxima actualización!

Con amor, Eva

Si se cierran
todas las puertas,
tendré que salir
por la
ventana

martes, 12 de febrero, 7 h.

Querida Mar:

Entre ayer y hoy no ha pasado nada, pero ha pasado de todo.

La verdad es que nunca he estado tan aburrida y tan incómoda en mi vida.

Imagínate que hace años que no me quedo quieta, que trabajo muchísimo y que voy a la cama para dormir o tener sexo, nada más. Y ahora lo único que puedo hacer es estar en la cama o en un silloncito individual que está justo enfrente de la cama, que sería para la visita que no tengo ni tendré, así que me he permitido usarlo como si fuera para mí.

Ayer me di cuenta de lo incomunicada que estoy, al no tener conexión solo puedo mirar en el móvil conversaciones viejas, revisar correos viejos o fotos de mi galería. No pensé que tendría que mirar a la muerte a los ojos sin wifi. Ayer tuve una revelación cuando me di cuenta de que le tengo más miedo al tiempo libre que a la muerte… ¡Qué paradoja y qué gran desafío, por favor!

Se ve que estaba bastante inquieta porque la enfermera, la que sonríe debajo de la mascarilla (se llama Rosita y tiene cincuenta y seis años), le pidió a uno de los chicos de la limpieza que estaba a punto de cambiar de turno que le comprara un cuaderno. Después de tocarle el timbre 105 veces para que me ayudara a moverme de la cama al sillón y del sillón al baño, me trajo un bloc y dos lápices negros. Me dijo que escribiera o dibujara, que venía bien para desahogarse. Tal vez me vio cara de Frida y no la culpo, un par de días sin depilarme las cejas y el bigote y soy medio Frida.

La adoré y se lo agradecí con un abrazo. Es increíble cómo la vida me va poniendo Nellys en el camino.

En cuanto abrí el cuaderno me enfrenté al primer gran desafío de la tarde: las hojas eran lisas, sin renglones… Eso es algo que me desespera, necesito rayas que me ordenen, y no hay ni una. Estos cuadernos son para gente sin estructura o artistas, yo no estoy ni cerca de ser alguno de esos dos tipos de humano, ja, ja, ja. La cosa va a peor: ¡ni sacapuntas, ni goma de borrar…! ¡Rosita, me estás matando! Yo necesito tener los lápices afilados todo el tiempo y una goma para borrar, tachar es una falta de respeto para mí, para mis ojos.

Parece una tontería, pero estuve de una a siete de la tarde sin escribir nada por el miedo a equivocarme y no poder tachar. Estuve a punto de pedirle un sacapuntas y una goma por mi paz mental, pero me di cuenta de que eso era abusar de su bondad, así que me propuse la incomodidad, me propuse permitirme ser esa persona relajada y artista que puede escribir en hojas sin renglones, con lápices de punta mocha y sin miedo a tachar. Después de todo, quizá sea lo último que escriba y a quién le va a importar si escribo recto o torcido.

Nada que

~~hacer~~

PERDER

Pasaron dos cosas más, completamente reveladoras para mí:

La primera es que, apenas sentí ganas de hacer pis y le pedí a Rosita que me ayudara a levantarme, Rosita me dijo que apoyara los pies en el suelo, que no me preocupara, que no había bacterias ni nada porque todos entraban con una especie de protectores de tela que se quitaban al salir de la habitación, así que el suelo estaba tan limpio que se podía comer en él.

Apoyé los pies en el suelo y me emocioné. ¿Puedes creer que me había olvidado lo que era la sensación de caminar descalza? Llevo años dejando las pantuflas en el borde de la cama y poniéndomelas y quitándomelas inconscientemente como si el suelo fuera de lava. ¿Qué clase de persona de treinta y tres años se olvida de lo que es caminar descalza? Lo más raro es que en esta pecera todos están calzados menos yo, el suelo está disponible solo para mí, me siento privilegiada en estos tres metros cuadrados, como si aquí yo fuera especial. Todos me tratan muy bien y están como cinco minutos preparándose y cubriéndose para entrar a verme, los veo a través del cristal, es como si les importara mi salud…, como si yo les importara, y hace un montón que no siento que le importe a nadie más que a ti, Mar.

Lo segundo que me emocionó es que por la noche no me podía dormir, calculo que por no haber hecho nada durante todo el día, así que le pedí al enfermero de la noche (que se llama Toni) que me ayudara a sentarme en el sillón mirando por la ventana. El cielo estaba hermoso y estrellado, creo que no miraba el cielo desde el último campamento que hicimos con papá y mamá, cuando tenía como once y tú ocho.

¿En qué momento empecé a dar por hecho que todo eso, imponente e infinito, estaba ahí y que no merecía ser observado? Me di cuenta de que estaba sobreviviendo y de que me estaba perdiendo los grandes placeres de la vida, como caminar descalza o mirar el cielo lleno de estrellas. Me salió de dentro decir en voz alta: «Yo tengo que vivir, yo quiero vivir». Y justo ahí, cuando la voz se me quebraba y las lágrimas estaban atoradas en mi garganta, vi una estrella fugaz. La vi, era para mí… Lloré de emoción y, aunque parezca absurdo, en esta pecera, en la más absoluta soledad y con un diagnóstico tan poco prometedor, ¡me sentí más viva que nunca!

Es verdad eso de que uno no valora lo que tiene hasta que lo pierde. Yo nunca me cuidé, nunca pensé en mi salud o en mi cuerpo como algo que se podía perder o romper, nunca pensé en mi corazón como algo que se podía perder o romper…

A nivel médico, no sé, no entiendo ni quiero entender. Creo que al no tener internet no puedo googlear y al no poder googlear me mantengo ignorante… ¡y qué tranquila vivo en la ignorancia! Si tuviera señal ya estaría llena de miedos, preocupada, ansiosa… Estar incomunicada tiene sus ventajas al final, ¿no?

Como dice Nelly: «Si sucede, conviene». Gracias, Nelly querida, por estar siempre, por salvarme la vida, eres la mejor vecina que se puede tener.

Tuve que lidiar con el tiempo libre, con el aburrimiento, que para mí siempre fue un pecado, la fruta prohibida. Siempre corriendo detrás de tantas zanahorias… Ahora sé que, si me muero, por lo menos voy a ser la más rica del cementerio, ja, ja, ja.

Bueno, Mar, tuve una idea y la voy a concretar. Estuve pensando en qué momento mi corazón empezó a debilitarse y de repente me llegó la lucidez: desde mi primer novio hasta Fabio, todos fueron unos imbéciles y todos me dolieron de alguna manera, algunos más y otros menos, pero todos se burlaron de este pobre corazón. Se me ocurrió hacer una terapia escribiéndoles una carta a cada uno, diciéndoles lo que tendría que haber dicho y me callé por sentir que en el fondo mi voz no era importante o, lo que es peor, yo no era importante.

Te confieso que a todos los *stalkeo* (los espío en secreto para ver qué hacen). Creo que en el fondo espero que no me hayan olvidado, porque yo no los olvido.

Pretendía empezar de adelante hacia atrás, o sea, empezar por Fabio y terminar por Pablo, pero pensando en qué iba a decirle a Fabio me di cuenta de que aún le tengo mucho rencor y me hierve la sangre de solo recordarlo, no es justo para mi corazón, que tiene los días contados (literalmente). Así que cambié el orden y vas a ver que taché a Fabio, un poco porque no tengo goma de borrar (¿te acuerdas?) y otro poco porque se lo merece, ja, ja, ja.

Te juro que cuando estrene corazón dimito, empiezo a hacer

yoga, retiros de mujeres, ceremonias del útero, del cacao y todas esas cosas hippies que hasta ahora me habían parecido tonterías. Voy a andar descalza, tomar baños de luna y comprarme un consolador. ¿Puedes creer, hermana, que no conozco mi cuerpo? ¿Que nunca en mis treinta y tres años me he tocado?

¿Qué clase de robot ignorante soy que solo me he permitido sentir placer cuando venía de la mano de otra persona?

¡Uf! Me he olvidado de vivir, Mar, no me puedo morir sin haber vivido, sería injusto.

Bueno, voy a hacer lo único que puedo hacer para sanar desde mi pecera, con un cuaderno y dos lápices: sacar afuera lo que escuece dentro. Voy a escribir a cada uno de los hombres que me ha hecho daño en mi vida. No sé si estas cartas llegarán a su destino o no, lo importante, por primera vez en mi puta vida, soy yo.

¡Ah! He hablado hoy con Pepe y me ha dicho que estabas mejor, que tu presión estaba estable y que te tienes que quedar ingresada y monitorizada para que los mellis estén la mayor cantidad de tiempo dentro de tu tripa. Me ha dicho que no puedes tener sobresaltos y me ha parecido una excelente broma de la vida que las dos estemos ingresadas, incomunicadas, tú a punto de parir y yo deseando que alguien se muera y me done su corazón para vivir. Visto de esta manera, me siento un poquito una mierda, pero bueno, juro que no elegí este destino y juro que voy a honrar y cuidar ese corazón como no lo hice con el mío.

Te amo, te pienso todo el día y estoy rezando mucho por ti y mis sobris (sí, rezando, has leído bien, ahora soy una mujer de fe, ja, ja, ja).

Con amor, Eva

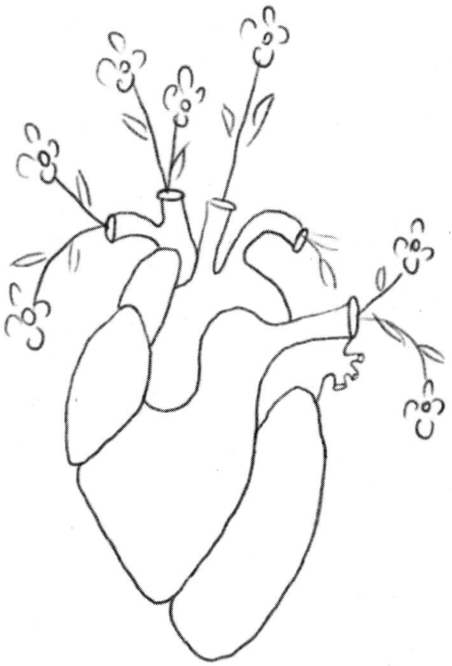

No puedo volver atrás
y cambiar el comienzo,
pero puedo comenzar ahora
y cambiar el final.

Martes, 12 de febrero, 10 h.

Querido Pablo, Pablito, Pablonchi:

Te sorprenderá que te escriba después de diecisiete años sin dirigirnos la palabra.

Seré breve: por alguna putada de la vida, hoy mismo tengo un pie dentro y el otro fuera. Estoy ingresada con un diagnóstico complicado y desalentador. Lo que me está fallando es el corazón y tiene sentido: lo descuidé bastante.

Sucede que me quedan más o menos siete días de vida y, aunque suene a poco, aquí el tiempo pasa muy lento. Para colmo no tengo cobertura en el móvil y nunca me había dado cuenta de la poca utilidad que tiene un móvil en este estado.

Te escribo porque fuiste el primer hombre del que me enamoré, mi primer beso, mi primera ruptura, mi primer llanto por amor.

Antes de escribirte me pasó algo muy loco. Pensé que estaba enojada contigo, me pasé años de mi vida odiándote por dejarme, pero, aquí y ahora, frente a este papel en blanco y con el lápiz en la mano, solo me recordé sonriendo a tu lado. Se me vienen mil anécdotas… ¿Te acuerdas de cuando te dije que quería fumar un cigarrillo por primera vez y le robaste uno a tu madre y nos fuimos a la playa a «fumar»? Ja, ja, ja… ¡Qué tos nos dio! Se nos llenaron los ojos de lágrimas y nos reímos a carcajadas de lo fracasada que había resultado nuestra misión de malotes.

Me acuerdo de que los sábados me pasabas a buscar por casa con la bici y un cojincito floreado para llevarme de paquete y que no me doliera el culo. Pasábamos el día dando vueltas en tu bici voladora… Ahora me siento una mierda por confesarte esto: creo que me dolió tanto que me dejaras que durante mucho tiempo me conté la historia de que eras un fracasado y de que ibas a morir pobre, de que yo me merecía a alguien mejor, a alguien que me pasara a buscar en coche y no en bicicleta… ¡Qué gran mentira me he contado! Si era la chica más feliz del mundo sentada en el cojincito y apoyando mi mejilla en tu espalda. Hasta ahora cierro los ojos y siento el vientito en la cara y mis manos apretando tu cintura para que no te escapes… Lo que daría por volver a esa sensación de juventud, de libertad…

Bueno, Pabli, esta iba a ser una carta de reproche por todo lo que me hiciste sufrir, pero me acabo de dar cuenta de que no te odio como me imaginaba, de que en realidad todos los recuerdos juntos me traen mucho amor y atención de tu parte. Siempre fuiste un caballero, creo que la perra fui yo y me arrepiento muchísimo de haberte hablado como te hablé cuando viniste a verme después de la ceremonia de despedida de mamá y papá. No te lo merecías… Lo siento mucho. (Si vale de algo esta disculpa tantos años después).

Verás, contigo me sentía menos rara, me sentía guapa, cómoda, cuidada, mimada, sentía que podía ser yo misma… Me sentía im-

Quédate con quien
te haga sentir
que el amor es
cómplice,
no complicado.

portante hasta que, después de estar casi un año juntos, la charla recurrente con mis amigas era sobre sexo. Ellas habían perdido (todas) su virginidad entre los quince y dieciséis, y yo con diecisiete no pasaba de los besos con lengua. Empecé a crear situaciones como loca, situaciones en las que quedábamos solos en casa o hasta cuando dormimos en la playa. No sé si realmente quería hacer el amor contigo por gusto o para contárselo a mis amigas, para sentirme una más. Ahora veo la presión que te metía y me da vergüenza de mí misma.

Cuanto más quería yo, más te alejabas. Cuanto más te alejabas, más rechazada me sentía. Fea, demasiado delgada, aburrida, poco sexy, poco interesante, poco mujer, no merecedora de que me amaran… Patrones que creo que nacieron en ese momento y que, alerta *spoiler*, se repitieron en todas mis parejas.

Cada vez que mis amigas me preguntaban si había pasado algo, yo me inventaba alguna historia de interrupción con final inconcluso, como si realmente hubiéramos estado a punto de lograrlo, pero hubiera llegado alguien y hubiéramos tenido que dejarlo. Hasta que un día, harta de ser la única virgen del curso, dije que sí habíamos consumado. No me odies, por favor. Te prometo que te hice quedar como un semental. Me creí el personaje e inventé una historia detallada para cada pregunta que me hacían. Les di lo que querían y me olvidé de ti… y me olvidé de mí.

Mentir se volvió un vicio porque eran insaciables, siempre querían más: más veces, más detalles. El personaje crecía y yo me volvía cada vez más pequeña. En vez de sentirme más aceptada y aprobada, me sentía más mierda y sola que nunca… Acabo de descubrir que, para que ellas no me rechazaran, elegí rechazarme a mí misma. Me sentí fatal, me siento fatal cuando te lo cuento y te pido mil disculpas de nuevo, era tonta, insegura… Creo que lo sigo siendo, pero a otro nivel (ahora soy más tonta e insegura, ja, ja, ja).

Sí que sirve esta terapia de la escritura, ¿verdad? Nunca había podido ver esto de mí que acabo de descubrir: tú no me abandonaste (como pensé toda mi vida); fui yo la que se abandonó al mentirles, mentirte y mentirme. Tú no te empezaste a alejar; fui yo la que se empezó a aislar. Tú siempre me miraste a los ojos y me dijiste la verdad; fui yo la que, en algún momento, empezó a evitar tus miradas por vergüenza, por culpa, por imbécil.

Me acabo de dar cuenta de la gran mentira que me conté todos estos años. Tú no me dejaste, en realidad; fui yo la que te dejó. Tú me dijiste que nadie me iba a amar como tú lo habías hecho y yo confundí amor con sexo y te dije: «¡Eres muy fácil de superar…!». ¡Guau! No puedo creerlo. Me creí mi personaje y me autoengañé para alejarme del único hombre en mi vida que me quería, me cuidaba y me trataba como a una reina.

¡Estoy en *shock*!

No era la finalidad de esta carta darme cuenta de lo mala que fui contigo. Al revés, tenía pensado solamente contarte que no te guardaba ningún rencor.

Lo siento, Pabli, siento haberte sometido a mi falta de autoestima. Si hasta me viene la imagen de tus ojitos llorosos cuando me dijiste que no tenías nada más para darme y que si no era suficiente para mí me soltabas. Me dijiste que te disculpara por no haber estado a mi altura y yo, caradura, me di la vuelta y me fui.

Lo único que me quedó de todo lo que hablamos aquella tarde es la parte de «te suelto». Me conté y les conté a todas mis amigas que me habías dejado y, en realidad, quien te suelta es porque ve tus alas, es porque te quiere libre, es porque te ama sin apego, sin posesión. Ojalá hubiera sabido esto en ese momento, ojalá me hubiera quedado a tu lado.

Nadie nunca más me trató como tú y me di cuenta como a los veinticinco, y te empecé a buscar en todas las redes sociales hasta que te encontré y, para mi ingrata sorpresa…, ¡te habías cambiado de acera! Confieso que mi primera impresión al verte en la montaña con tu chico fue muy fuerte, de rabia, de enfado. Prefería que estuvieras solo o que siguieras siendo hetero, a ver si volvía a tener una oportunidad contigo. Mi segunda impresión fue paz, paz porque te veía feliz, paz porque te lo merecías y paz porque entendí que tal vez nunca habíamos tenido sexo porque aún estabas definiendo tu sexualidad. Entendí que quizá el problema no había sido mi cuerpo delgado o mi actitud poco sexy, sino que no te apetecía y ya.

De vez en cuando miro tu Instagram para saber si estás bien y si sigues teniendo esa sonrisa persuasiva que me convencía de cual-

"SOLTAR"

es un acto de

amor,

no de miedo.

quier cosa. He visto que habéis viajado por todo el mundo, que tenéis un perro que se llama Roco y que has escalado el Everest. ¡Qué envidia! Me he acordado de que hicimos una lista con todas las cosas que queríamos hacer antes de los treinta.

No me acuerdo de la lista completa, pero me alegra saber que al menos uno de los dos lo intentó.

Te vi en el Everest y me acordé de que ese era mi sueño, que tú no querías saber nada sobre cargar peso o pasar frío… Lo hiciste y ver la foto para mí fue como un recordatorio de lo que tuvimos, de lo que fuimos, de lo que soñábamos juntos. Con los ojos llenos de lágrimas te confieso que nunca más volví a soñar. Me dediqué a sobrevivir y me olvidé de soñar. Me gustaría decir que nunca es tarde, pero aquí estoy, con mis últimos siete días de resto, esperando un milagro.

Me gustaría que estuvieras aquí.

Contigo me sentía invencible.

No puedo dejar de pensar en el día que me trajiste flores por la muerte de papá y mamá. Mi hermana me dijo que estabas esperándome y yo ni me acerqué. Una vez más me negué lo único que necesitaba en ese momento, que era un abrazo sincero, de alguien que de verdad me quisiera. Me conformé con palabras de compromiso y flores de mentira que traían los «conocidos» de la familia.

Te vi de reojo, te habías vestido de luto y compraste margaritas, las que sabías que eran mis flores favoritas. No eran para mis papás,

¿verdad? Eran para mí. Me acabo de dar cuenta... ¡Qué tonta fui! No puedo volver atrás en el tiempo, pero puedo pedirte disculpas una vez más por mi comportamiento infantil y evitativo. No te estaba evitando a ti, estaba evitando todo lo que pudiera parecerse al amor, porque en el fondo, muy en el fondo, nunca creí merecerlo.

Gracias por venir, Pabli. Aunque no te lo pude decir, eras la persona que más quería que estuviera ahí conmigo y, como siempre, estuviste. Gracias.

Acabo de recordar dos frases de las tuyas, hasta las oigo en mi mente con tu voz, ja, ja, ja.

La primera me la dijiste cuando hacíamos nuestra famosa lista de sueños pendientes. Tú escribiste «casarnos en Las Vegas» y yo te dije que no teníamos dinero para eso. Tú me respondiste con total seguridad que «soñar es gratis».

La segunda fue cuando hablábamos de ese cantante que a ti te gustaba y que estaba en coma desde hacía como tres meses. Yo te dije algo así como que para qué lo mantenían con vida y tú me respondiste que «mientras respirara, estaba a tiempo». En ese momento me pareciste iluso y soñador. En este momento... me agarro con uñas y dientes a tus frases, tu ilusión y tu capacidad de soñar.

Como soñar es gratis y, por más crudo que suene, es lo único que me queda, voy a soñar y voy a retomar nuestra lista. Lo de casarnos en Las Vegas puedo obviarlo, quédate tranquilo. En cuanto al tiempo que me queda..., no importa, oigo tu voz diciéndome «mientras respires, estás a tiempo» y se aligera mi angustia. Creo que esa será mi frase de cabecera durante estos tiempos de pecera.

¡Qué loco esto! Solo con escribirte me has contagiado de tu fuerza, de tus ganas de ser y estar en esta vida.

Pabli, ahora te veo, veo el amor y el respeto con el que siempre te dirigiste a mí, veo que la que no estaba dispuesta a recibir tanto era yo, veo que aún te quiero muchísimo. Y ojalá pueda abrazarte y decírtelo mirándote a los ojos.

Te deseo toda la suerte del mundo mundial.

Con amor, Eva

VIVIR

~~AHOGA~~

ahora

Martes, 12 de febrero, 16 h

Rodrigo:

Antes de empezar a escribirte quiero que sepas que me está resultando muy incómodo pensar en lo que tuvimos, en lo que fuimos, en lo que no fuimos.

Sé que esta carta va a estar llena de reproches e insultos, así que no pretendo que te llegue, solo pretendo sacar el fuego que me viene al estómago cuando pienso en ti, porque me hace mal, porque, salga viva o muerta de esta, a ti no vuelvo a llevarte a ningún lado, renuncio a tu recuerdo (no sé si eso se puede hacer, pero créeme que lo intentaré).

Contexto: estoy ingresada, esperando un trasplante de corazón que tiene que llegar en siete días o nos vemos en el más allá. No tengo señal en el móvil, así que estoy haciendo una especie de terapia de choque con mi pasado, escribiendo a todos los hombres a los que les entregué un pedacito de corazón y se lo pasaron por el forro, como tú.

No te culpo, al final la culpa no la tiene el cerdo, sino quien le da de comer, y yo te alimenté hasta quedarme en los huesos.

Esta mañana le escribí una carta a Pablo (mi pareja anterior a ti) y me di cuenta de que con él yo era un arcoíris, un unicornio, contigo todo se volvió oscuro, sombrío, *heavy metal*. Creo que hay un antes y un después de la muerte de mis padres. Antes no tenía amor propio, después menos. Y ahí, con el ambiente propicio para los hongos, parásitos y demás especies oportunistas, llegaste tú, con tu rebeldía atractiva y perjudicial para la salud.

Por mucho tiempo odié el bar donde trabajé para ti, por quitarme todo resto de inocencia o juventud que me quedaba al terminar el instituto. Odié la noche, la música fuerte, las copas y la nube de humo que lo abrazaba todo. Hoy creo que, aunque fue muy duro, me ayudó a acelerar mi paso de hija a adulta responsable de mi hermana. Además, pude ganar suficiente dinero como para poder mantener nuestros gastos y pagarme la universidad.

Me recuerdo pálida y con ojeras, pero en vez de mirarme con lástima, me estoy viendo valiente, por primera vez en mi vida veo los huevos que le eché a todo lo que me pasó… Nunca pensé que esta carta me podía llegar a dar claridad sobre algo, pero sí: creo que, en mi esfuerzo por bloquearte, bloqueé cosas como mis horas sin dormir para preparar exámenes, mi esfuerzo para que mi hermana no me viera cansada y se preocupara… Fui una Wonder Woman y no me lo he reconocido hasta ahora.

De ir al instituto y volver a comer comida calentita, a estudiar de día, trabajar de noche y ocuparme hasta de la colada. ¡En qué pedazo de mujer me convertí, y nunca me lo agradecí!

Tal vez el bar no fue la etapa más oscura de mi vida, sino la más iluminada, la que probó mis límites y los llevó al infinito… ¡Guau! Esto sí funciona.

Volviendo a ti…, ¡qué mala persona fuiste conmigo! No creo que encuentre nada bueno en lo que tuvimos, pero que quede clarísimo que escribo para mí, no para ti.

Te confieso que cuando fui a la entrevista de trabajo para entrar a trabajar en tu bar, estaba muerta de miedo y tu sonrisa y tus ojitos convincentes me hicieron sentir segura y protegida. Vaya paradoja, ¿no? Segura y protegida, dos palabras completamente opuestas a lo que procedió.

Fuiste mi primer empleador, mi primer jefe y, aunque me cueste asumirlo, mi primer hombre también. Te regalé mi inocencia en todos los sentidos que la palabra abarca.

Me gustabas, siempre me gustaste, pero si no me hubieras perseguido, si no hubieras insistido tanto, yo nunca habría dado el paso. Por miedo, por sentirme juzgada por mis compañeras de trabajo, por los veinte años de diferencia que había entre nosotros.

Recuerdo que mis amigas me decían que íbamos a terminar juntos y yo les decía que ni loca. Ellas fantaseaban contigo, yo solo te veía atractivo y jefe. Pero empezaste a acercarte cada vez más, empezaste a hablarme al oído cuando la música estaba muy fuerte, parecía que de todas las que trabajábamos ahí yo era tu preferida, parecía que te gustaba. Así y todo, recuerdo el momento exacto en el que cedí, fue ese día en el que un borracho me tocó el culo, yo le tiré la cerveza que me había pedido en la cara y cuando me empujó tú tuviste el gesto de tomarme del brazo y levantarme, mirarme a los ojos y preguntarme si estaba bien y, acto seguido, le diste un trompazo y le dijiste que «así no se trata a una dama».

Yo me sentí como Julieta y a ti te sentí mi Romeo, mi salvador. Me llamaste «dama» y te preocupaste por mí.

Todo este tiempo me he sentido culpable por haber estado contigo, incluso me he odiado y me he hablado muy mal por haber cedido a tus encantos, a tus mentiras. Ahora veo a esa Eva de dieciocho con «autocompasión», palabra que estoy descubriendo y sintiendo por primera vez en mi vida. Yo protegía a mi hermana, mi casa, el recuerdo de mis padres, pero ¿quién me protegía a mí? Y de repente llegaste con tu traje azul y tu espada a protegerme a mí, tu damisela en apuros.

Compré la película completa.

Mis amigas me admiraban por estar contigo y, bueno, yo quería pertenecer, yo quería encajar, mejor dicho. Aunque tuviera que hacerme chiquitita para caber, yo solo quería encajar… La historia de mi vida. Cuando más tarde pasó lo que pasó, ni una se acercó a ver cómo estaba o cómo me sentía. Me gustaría decir que eso me hizo sentir sola, pero no es así; eso me hizo sentir «libre», sola me sentía estando con ellas.

Al principio todo fue muy bonito, eras atento, cariñoso y caballero cuando no había nadie (en el bar «teníamos que disimular»). Confieso que nuestro secreto tenía un gustito que me hacía sentir importante, valiosa. Incluso tuviste la delicadeza de mantenerme detrás de la barra para que ningún otro hombre se sobrepasase conmigo. Sentía que me cuidabas y poco a poco me fui enamorando y volviendo adicta a esos pequeños gestitos de amor, como llevarme a casa después de las jornadas más largas o mandarme flores y chocolate el día que tuve fiebre y falté.

Te regalé mi virginidad, realmente me volvías loca, sabías dónde besarme o dónde tocarme para que yo perdiera completamente el control. Y la verdad es que fue muy bonito ese momento, no tuve miedo, me entregué a la situación y hasta ahí eras el amor de mi vida.

No sé en qué momento pasamos de hacerlo cada cierto tiempo a hacerlo casi todos los días.

Eras atractivo, tan atractivo que yo confiaba ciegamente en ti, hasta el punto de que ni siquiera me daba cuenta de que no ponerte un preservativo porque «te lo habías olvidado en la mesita de noche» era una manera terrible de descuidarme o, lo que es peor, agredirme.

Los olvidos eran cada vez más frecuentes y, aunque a mis dieciocho años sabía los riesgos que implicaba, no me animaba a contradecirte o discutir contigo. Tenía confianza en ti, pero también respeto, o miedo..., hoy no me doy cuenta de la diferencia.

Mis amigas lo sabían y, en vez de decirme que «quien te quiere te cuida», me preguntaban todo tipo de detalles sobre cómo se sentía o si te corrías dentro o fuera. Solo ellas lo sabían.

Cada vez igual, o cada vez peor, porque ya ni te molestabas en buscar excusas y yo te dejaba. En mi cabeza no cabía que tanto amor y tanta atracción pudieran convivir con esa indiferencia o violencia hacia mi cuerpo, hacia mi persona.

Pasó lo inevitable: antes de cumplir diecinueve tuve un retraso, yo, la mujer más regular del mundo.

No quise decírselo a nadie por vergüenza o miedo a que me juzgasen. Solo te lo dije a ti y ese día todo cambió. Me pediste que saliera de la barra, que atendiera como todas mis compañeras. Te vi coqueteando con las nuevas, te vi hablándoles al oído, agarrándolas de la cintura o intercambiando sonrisitas. Mi príncipe azul empezó a desteñir y yo a vomitar sin parar. Pensé que te ibas a ocupar, que me ibas a acompañar, pero nada más lejos de la realidad. Te volviste un jefe gritón conmigo y seductor con las demás.

Me sentí más sola y desprotegida que nunca antes en mi vida. Me sentí más triste que cuando perdí a mis padres.

Te vi aquel día llegar al bar con la nueva, os vi en tu coche y vi que tú la besabas como me besabas a mí. Quería dimitir, pincharte las cuatro ruedas o cruzarte la cara de un bofetón, pero solo me salió desmayarme y acto seguido estábamos los dos en tu coche, con los asientos levemente reclinados. Abrí los ojos y te vi a mi lado, con un café en la mano y una tranquilidad inmutable. Me incorporé, miré el paisaje y estábamos en un terreno baldío. Parecía ser a las afueras porque no había civilización y las construcciones eran solo fabriles.

Te dije que te había visto cambiando saliva con la nueva y me dijiste que eras libre, que no me confundiera, que yo podía estar con quien quisiera y tú también, que de hecho el bebé no era tuyo y que te habías dado cuenta desde el principio, que no te ibas a hacer cargo de mi inconsciencia y que el padre debía ser quien se ocupara. No pude más que llorar y sentir un nudo en la garganta que no me dejaba hablar, hasta que pude sacar algo de voz y decirte «es tuyo».

Me tiraste el café caliente a la cara, bajaste del coche, caminaste hasta mi puerta, me sacaste de un tirón de los pelos y empezó el horror, se apagó la luz para mí y solo recuerdo entreabrir los ojos en un hospital mientras todos corrían a mi alrededor. A lo lejos papá y mamá me miraban abrazados, tan tranquilos que daban paz, y de alguna manera me decían que iba a estar bien, que no era mi momento.

Te habrás dado cuenta de que nunca te denuncié, si no estarías en la cárcel. No fue por ti, fue por Mar y Nelly, me dio vergüenza todo lo que había pasado, me señalé con el dedo y me juzgué, asumí toda la culpa por elegirte, por dejarme engañar, por dejarme maltratar. En soledad en aquel hospital reviví una y otra vez en mi mente muchos momentos de la relación en los cuales había habido señales, pero yo las había ignorado.

Nunca nadie se enteró de que ese bebé existió. Tampoco me despedí de él como me habría gustado. Tal vez lo vea en siete días y, si es así, espero que me reciba desde los brazos de sus abuelos… Algo está claro: si existe el cielo y el infierno, ese bebé está en el cielo, así que nunca, nunca, nunca te lo vas a cruzar.

Para mi hermana y Nelly lo que pasó fue que un delincuente muy drogado me quiso robar la cartera y como me resistí me pegó. La cartera quedó en tu coche, así que, para la ley, el ladrón se la llevó.

Vinieron de la policía a interrogarme y no dije nada, no te mencioné. No porque no te merecieras lo peor, sino porque hasta ese momento yo seguía enamorada de ti…, yo seguía creyendo en ti.

Nunca volví al bar ni a contactar contigo, pero siempre miraba la pantalla del móvil esperando tu mensaje. Miraba en secreto el Instagram del bar y cada cierto tiempo estabas ahí, con esa sonrisa convincente, como si nada hubiera pasado, como si no fueras un maltratador, o incluso un asesino, porque no puedo dejar de preguntarme qué habría pasado si nadie me hubiera visto en ese descampado.

De niña me encantaba jugar con las muñecas. Quería una familia numerosa.

Qué curioso... Hasta hace unos minutos sentía que la vida me arrancaba esa ilusión de un tirón. Ahora me doy cuenta de algo: no me está diciendo que no voy a poder ser mamá, sino que no voy a poder quedarme embarazada. Son dos cosas distintas. Mi deseo de ser madre sigue intacto, lo único que cambia es la manera de lograrlo… Antes de entender esto me sentía vacía, sin esperanzas. Ahora me siento un lienzo en blanco, llena de fe y abierta a las infinitas posibilidades de ser madre que existen.

Aparte, yo ya fui madre, duró un ratito, pero lo fui. Reconocerlo me duele muchísimo, pero también me permite honrarlo.

Otra revelación: he estado los últimos quince años de mi vida esperando a que me pidas perdón, asumiendo que es tu obligación reparar el daño, la herida que me causaste. Pero en este preciso momento, debatiéndome entre la vida y la muerte, no quiero esperarte más. De hecho, siento que al esperarte sigo vinculada a ti y es tan real que cada cierto tiempo vuelvo a mirar tus redes.

Sé que no vas a leer nunca esto, pero ¡qué bien me sienta escribirlo!

Te libero, elijo avanzar. No importa si las heridas me las creaste tú o fui yo quien se dejó hacer daño. Siendo 12 de febrero a las 17h, en la habitación 404 del Hospital Central: TE PERDONO. No tienes que hacer nada, elijo ser yo misma quien repare sus heridas. Tengo que poner el foco en mí, en mi vida, y siento que, aunque médicamente esté en mi peor momento por la debilidad (mi tiempo y energía se agotan), aún tengo el poder de decidir que ya no hay lugar para ti y que no te quiero esperar más... TE PERDONO, RODRIGO.

Sin más.

Eva

A veces,
elegir irse
es
elegirse.

:(:

Martes, 12 de febrero, 21 h

Querida hermanita:

Hoy es mi tercer día aquí y, aunque no ha pasado nada, ha pasado de todo.

Hablando de salud: estoy estable. Nada ha cambiado y me siento como si no tuviera nada, salvo porque tengo mil cosas pinchadas por todos lados y viene mucho personal médico a verme.

El día empieza a las cinco de la mañana con un par de enfermeros muy amables que me sacan sangre, me hisopan la garganta, la nariz y se llevan mi frasquito de pis matutino.

Enseguida llega el desayuno y una hora después llega Rosita como un tornado a obligarme a bañarme. Traté de negociar con ella para hacerlo cada dos días, pero me dijo que no, que el baño es vida y que, mientras me pueda mantener en pie, me tengo que bañar. Creo que es más psicológico que práctico, porque casi no me muevo, así que no sudo.

Después de eso me gusta sentarme en el sofá y mirar por la ventana. Desde ahí solo veo cielo. También veo mi cama desde otra perspectiva y no puedo dejar de preguntarme cómo he llegado hasta aquí.

Hoy, en plena crisis de autocompadecimiento, ha venido una psicóloga, se ha presentado y me ha dicho que va a venir todos los días un ratito para ver cómo estoy, cómo me siento, si quiero conversar sobre algo que me angustie o me preocupe… Ella ha sido muy amable y yo muy seca (espero que no se lo haya tomado de manera personal). Me ha dicho que en momentos como el que estoy viviendo es importante el pensamiento positivo y recordar por qué queremos vivir. Me ha hecho una serie de preguntas que me han descolocado.

Cuando me preguntó si quería vivir, respondí inmediatamente que sí, sin pensar.

Pero cuando me preguntó para qué quería vivir, ahí ya me costó un poco más. Lo primero que me salió fue decir que para cuidar de ti y de tus futuros hijos. Ella respondió preguntándome si no había nadie que pudiese cuidarte, a lo cual le dije que sí, obvio, Pepe. Al final, y para rematarme del todo, me preguntó si yo tenía a alguien que cuidase de mí… Jaque Mate. Con la cabeza dije que no y sonreí tímidamente. Ella también sonrió e inclinó la cabeza con ternura.

Ya había ganado, se podía retirar de la habitación victoriosa, pero, por alguna razón, me miró fijamente a los ojos y disparó la pregunta más difícil de responder que me han hecho nunca: «¿Por qué no deberías morir ahora?». Esa pregunta me destrozó y retumbó por todo mi cuerpo. Tristemente, no encontré ni una razón. Se me llenaron los ojos de lágrimas, pero no solté ni una. Ya me conoces, no quería llorar delante de una desconocida. Ella se acercó bastante a mi cara y me dijo que, si la muerte está pensando llevarme, la única manera de evitarlo es tener buenos fundamentos para convencerla de que no es mi momento.

Me dio una palmadita en la espalda y me dijo que en estos días volvería a visitarme.

Me quedé como una hora sentada en ese sofá dándole vueltas al asunto. Por un lado, esa última pregunta no se me iba de la cabeza y se repetía en bucle como un disco rayado y, al mismo tiempo, no dejaba de pensar en motivos por los cuales no debería morir ahora y seguía sin encontrar más respuestas que conocer a mis sobris y ayudarte a ti, Mar.

En confianza te diré que, a solas, las lágrimas empezaron a brotar de mis ojos. Ahí, mirando el cielo, lloré (la que nunca llora). Lloré bastante, pues tenía quince años de lágrimas acumuladas.

Entró Rosita, me vio hecha un mar de lágrimas, me pasó la libreta y el lápiz y me dijo que escribiera, que todo eso estaría mejor fuera que dentro.

Le sonreí y deseé abrazarla, pero no me puedo acercar demasiado a nadie, por más que estén tapados de pies a cabeza.

Empecé a escribir y fue revelador, Rosita tenía razón. Y aquí estamos. O por lo menos yo, ahora.

Lo primero que descubrí es que nunca le había contado nada real sobre mí a nadie, que nunca había tenido un confidente o ayuda de ningún tipo. No sé por qué siempre he tenido la sensación de que tenía que poder «solita» y tenía que estar para todos, pero nadie debía «cargar» conmigo.

Me han pasado cosas terribles, Mar, cosas de las que no tienes ni idea porque las viví en la más absoluta soledad, para no angustiarte, para no preocuparte. Tengo una mochila llena de secretos y mentiras que me pesa tanto que me aplasta, me asfixia.

Opción A: Si salgo viva de esta, prometo contártelo todo, desde el principio de los tiempos, porque ha sido injusto por mi parte haberme blindado todos estos años a la persona más importante de mi vida. Tú has sido transparente y abierta conmigo y yo todo lo contrario contigo… Espero que me puedas disculpar y entiendas que no tenía que ver contigo, sino con mi baja autoestima.

Opción B: Si no salgo viva de esta, te vas a enterar por las cartas que estoy escribiendo. Sé que no es lo ideal y preferiría la opción A, pero todo lo que no conté, todo lo que no lloré, todo lo que aguanté me pesa demasiado. La vergüenza, la culpa y el dolor me trajeron hasta aquí y, aunque no sé adónde me tocará ir luego, tengo la certeza de que no quiero seguir cargando con esto, quiero andar sin equipaje, liviana…, libre.

Hoy ha sido un día intenso. Le he escrito una carta a Pablo y otra a Rodrigo. Igual este último no te suena. De todas formas, si me muero, no es necesario que se las des, aunque, pensándolo bien, me gustaría que Pablo supiera lo importante que fue para mí y cuánto valoro lo que tuvimos.

Las penas

~~pesan~~

PASAN

Ha sido una paliza emocional escribirles. Ha sido revivir todo, pero desde un punto de vista totalmente nuevo. Era yo, eran ellos, era mi historia, pero todo visto desde un lugar más «maduro» (no estoy segura de que sea la palabra correcta, pero es la que me sale ahora).

Con Pabli me di cuenta, por ejemplo, de que, al contrario de lo que yo pensaba, alguien sí me amó bien y de verdad. En ese momento no lo dejé quererme, lo arruiné, lo herí, le mentí y lo culpé. No me di cuenta de que él me aceptaba como era y no pretendía cambiarme ni pedía nada a cambio. Pero en ese momento yo era una persona muy insegura, tan insegura que buscaba ser la versión que los demás pretendían que fuese, que mis «amigas» pretendían que fuese.

¿Qué clase de «amiga» te etiqueta por tus logros sexuales o te somete a una carrera o competición donde lo único que importa es si eres virgen o no?

¿Por qué les di tanta importancia a personas a las que yo no les importaba?

Eligiendo complacer a esa mala compañía para no quedarme sola, terminé experimentando la soledad más dolorosa de toda mi vida. Para no defraudarlas, me terminé traicionando. Para que no me rechazaran, me terminé rechazando a mí… Las elegí, las prioricé cuando no debía y me olvidé de mí. Error que me costó Pabli, un bebé y mi salud.

Hasta hoy las culpaba, les tenía rabia y rencor. Hoy me he dado cuenta de que esos sentimientos no eran hacia ellas sino hacia mí misma, que ellas solo funcionaron como espejo de mi falta de personalidad y seguridad, de mi desesperación por que me prestaran atención o me quisieran... No estuvo mal ser buena y confiada; estuvo mal hacerlo con las personas equivocadas.

Moraleja: su poder sobre mí radicaba en mi miedo a la soledad, ahora no tengo miedo, así que decreto que nadie más tiene ese poder sobre mí. ¿Por qué no debo morir? He aquí la primera respuesta: porque tengo que conocer, vivir y sentir lo que es «la verdadera amistad».

Como te decía, después de escribir a Pablo, escribí a Rodrigo. Hasta ahora, he preferido no contarte nada sobre él, como muchas otras cosas de mi vida. La explicación corta sería «un desgraciado», pero creo que ya es hora de dejarme de explicaciones cortas y esquivas. Te contaré toda la verdad. No te conté nada sobre él, lo mantuve en secreto porque tenía veinte años más que yo, o sea: yo dieciocho y él treinta y ocho.

Era muy guapo y seductor, pero se notaba la diferencia de edad y no quería que me juzgaras o, lo que es peor, no quería que me tomaras como ejemplo, porque yo no habría podido resistir que estuvieras con un tipo veinte años mayor que tú.

Durante la primera etapa de la relación, Rodrigo me hacía sentir grande, importante, elegida, aunque siempre mantuviéramos nuestra relación a escondidas por «mi bien». Él fue mi primera vez y se-

R
E
C
O
N
O
C
E
R

es una palabra
tan poderosa
que se lee igual
al derecho
que al revés.

guro que usó mi virginidad como trofeo, pero no lo culpo, porque yo también lo usaba como trofeo con mis «amigas».

Aunque nunca me reconoció en público, yo lo amaba. Aunque nunca me cogió de la mano o me dijo «te quiero», yo lo amaba. Hoy lo veo claro: su edad y su poder me hacían sentir protegida, me daban seguridad. Así que le creí todo, sin cuestionar. Me entregué en cuerpo y alma para que hiciese conmigo lo que quisiera, y así fue.

Hubo señales, muchas señales, pero las ignoré todas y me hago cargo.

Hubo propuestas indecentes, maltratos de todo tipo, pero hubo algo que pasé por alto, algo que hoy me pesa demasiado: en mi ignorancia y necesidad de complacerlo por encima de mi propia salud, se acostumbró a correrse dentro. Al ritmo de nuestros encuentros, pasó lo inevitable y me quedé embarazada. ¡Todavía no sabía ser hija y tenía que aprender a ser madre!

Se lo dije pensando que esto nos iba a unir, pero no, empezó a comportarse como un imbécil. En realidad, siempre lo había hecho, pero ahora sin disimulo, sin máscara.

Me soltó la mano, me entregó a los lobos que iban al bar para que me comieran, me llamó «puta» y me llevó a un descampado a golpearme. No sé si pretendía que perdiera el bebé o si quería perdernos a los dos, pero casi lo logra. En el momento más oscuro de mi vida, vi a papá y a mamá, me miraban tranquilos y abrazados, me decían que no era mi momento.

Después de eso me dormí, o me durmieron, no lo sé. Cuando abrí los ojos había una enfermera limpiándome las heridas. Lo primero que me salió preguntarle fue si mi bebé seguía vivo. Con cara de ternura me dijo que no, que lo sentía mucho y que agradeciera que yo estaba bien, que era un milagro que estuviera viva.

No recuerdo su nombre, pero sí su mirada, era maternal y amorosa.

A los pocos días esa misma enfermera se personó en la habitación del hospital en la que seguía recuperándome, me vio llorar y se acercó a mí para contarme que a sus dieciocho años ella también había perdido un bebé y que después de muchos años de terapia fue a hacer algo que se llamaba «constelaciones», y la mujer que la guiaba le dijo que los bebés que no nacían venían a llevarse el deseo de muerte de alguno de sus padres. Me miró y me dijo que para ella tenía sentido y que después de eso había podido honrar la vida de ese hijo y recordarlo con amor y gratitud. Yo no entendí nada, o no quise entender.

Pero ahora lo veo claro, Mar, cuando vi a mamá y papá pensé «al fin».

Cuando ellos se murieron, me desconecté de la vida.

Esa enfermera me dijo algo que hasta ahora no había querido escuchar… Yo no quería vivir, me pesaba el aire que respiraba, me pesaba despertarme cada mañana, me pesaba ser tu hermana mayor y que me vieras como ejemplo. Pero cuando viniste a verme al hospital, cuando me diste uno de esos abrazos que me reinician y me dijiste que me ibas a cuidar, entendí que tú estabas para mí igual que yo para ti, que éramos una las dos y merecía la pena intentarlo a tu lado. Tan chiquitita y tan enorme. Fuiste, eres y serás lo más hermoso que me ha dado la vida.

Después te mentí y te conté una historia falsa que me hacía sentir menos culpa y vergüenza que la verdadera. No me juzgues, por favor, que para juzgarme ya estoy yo, ja, ja, ja. Hice lo que pude con lo que tuve. Pude mentir y tuve miedo.

Nunca más vi a mamá y papá, pero te juro que eran ellos. Estaban brillantes, tranquilos, contentos. Verlos me dio paz.

Nunca más hablé de ese bebé, hasta hoy... Sí, se llevó mis ganas de morir, la enfermera tenía razón.

Es verdad la frase «lo que no te mata te hace más fuerte», porque después de eso pude estudiar y trabajar, y demostrarme a mí misma que soy implacable cuando me lo propongo y que no necesito que nadie me acompañe, que nadie me proteja o me mantenga. ¡Solita puedo! La historia de mi vida: diez en lo profesional, diez en lo económico, cero en amistad y cero en mis relaciones amorosas. Aunque, para no ser injusta, escribiendo a Pabli me he dado cuenta de que hubo una versión mía que sí pudo ser feliz con un hombre, que se sintió amada, respetada y protegida. Tenía tan enterrado este recuerdo que verlo me ha dado muchas lecciones sobre mí misma. Calculo que dividí mi vida en: antes de la muerte de nuestros padres y después de su muerte. Antes, Pabli: amoroso, atento, compañero, leal. Después, el resto: a cada cual peor que el anterior.

Pero… ¿qué cambió? Yo cambié, Mar.

Una y otra vez acepté relaciones donde lo importante era el otro: sus gustos, sus necesidades, sus sentimientos. Yo daba a cambio de nada, ni siquiera de que me eligieran. Mendigué amor y ni así lo obtuve.

Me dejé maltratar sutilmente, verbalmente, físicamente…, y no te lo he contado hasta ahora (no se lo he contado a nadie, en realidad) porque en el fondo hasta terminé creyendo que me lo merecía. Confundí sexo con amor, celos con protección, obsequios con atención… ¿Cómo iba a saber lo que era sentirme amada si yo misma me odiaba?

Tengo una taza en el trabajo que tiene una imagen de Frida Kahlo que dice: «Enamórate de ti, de la vida y luego de quien tú quieras». Hoy la he entendido.

Lo de enamorarme de mí…, puedo intentarlo.

Lo de enamorarme de la vida…, soy más de sobrevivir, pero sí, creo que puedo hacerlo.

Ahí tengo otra respuesta a la pregunta «por qué no deberías morir»: porque me tengo que enamorar de mí y de la vida. Aunque esto me suene a desafío, también me suena a «reinicio», y eso me motiva, me inspira.

Hasta hoy veía mi vida como un lienzo en blanco, vacío de posibilidades, desalentador. Ahora la sigo viendo como un lienzo en blanco, pero veo infinitas posibilidades.

¡Quiero vivir, Mar! ¡Deseo vivir!

Te amo infinito.

Con amor, Eva

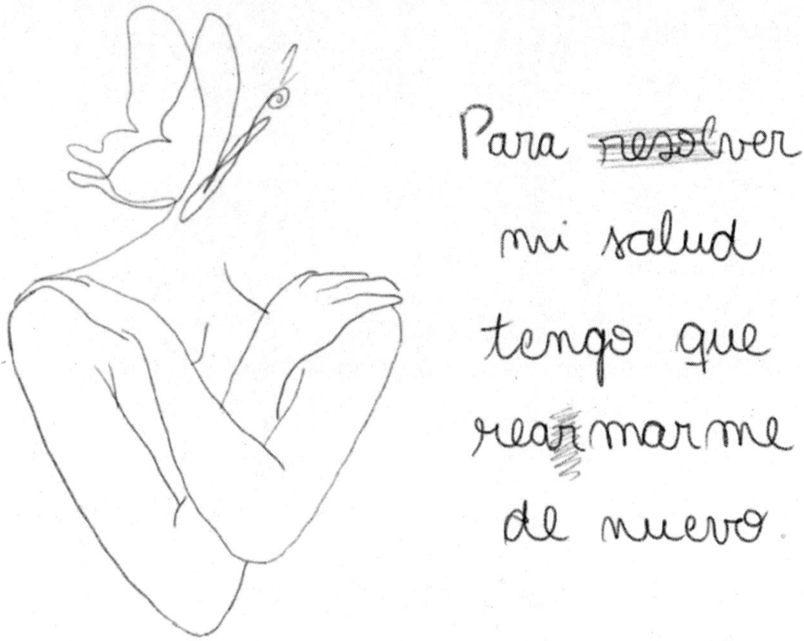
Para resolver
mi salud
tengo que
rearmarme
de nuevo.

Miércoles, 13 de febrero, 8 h.

Querida Mar:

Hoy me han despertado a las cinco de la mañana los dos enfermeros de siempre y tres médicos más. Mi habitación ha sido un desfiladero de gente.

Los noto preocupados.

Rosita es la única que me dice la verdad, pero llega después del mediodía, así que, para no empezar a comerme la cabeza, me mantendré ocupada escribiendo las cartas que me faltan.

Yo me siento muy bien, solo un poco cansada, pero será porque anoche me costó conciliar el sueño.

Hoy voy a llamar a Pepe para que me cuente cómo estás y cómo siguen los mellis. Desde aquí les estoy enviando mucha luz y amor. Háblales de mí, porfa, diles que seré la mejor tía del universo (porque lo seré).

Os amo y no veo la hora de veros.

Con amor, Eva

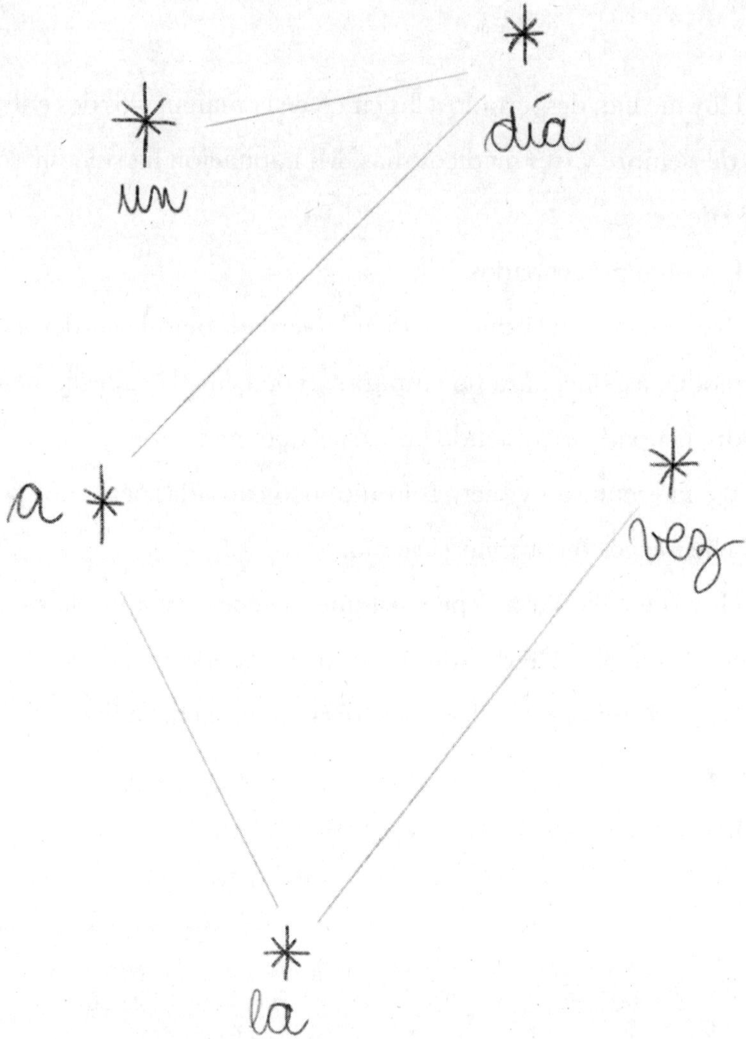
un
día
a
la
vez

Miércoles, 13 de febrero. 8[30] h.

Víctor:

Me atrevo escribirte para contarte que vengo a cerrar muchos temas que quedaron inconclusos entre nosotros.

Verás, lo que narraré a continuación serán discusiones que deberíamos haber tenido mirándonos a los ojos, cada uno expresando sus verdades y motivos personales. Pero por una cuestión de salud (mía) que no viene al caso, y porque la realidad es que tu opinión me la suda, será un debate unilateral.

Comenzaré por el principio.

Te mentí. El día de mi entrevista en tu empresa sí te vi. Estabas rodeado de tres o cuatro hombres y una secretaria que te seguía como tu sombra por toda la oficina. Se te veía serio, pensativo, bien vestido, bien peinado y muy en tu rol de jefe. Hasta ahí no había hecho más que mirar la interacción tuya con tu séquito, pero de repente sonreíste y ahí sí, ahí pensé: «¡qué guapo!».

A la semana siguiente comencé a trabajar ahí. El primer día, mientras acomodaba mis cosas en mi nuevo puesto de trabajo, te acercaste, apoyaste las manos sobre mi escritorio y me dijiste que me habías visto en la entrevista. Yo me hice la sorprendida, como si no supiera quién eras.

Por cinco minutos me hiciste sentir especial. Hasta que noté que en realidad paseabas por todos los escritorios de todas mis compañeras, repartiendo ojitos y sonrisas por doquier.

Me di cuenta de que estabas de oferta, así que desestimé tus halagos.

La verdad es que me había llevado seis años reconstruirme de mi última pareja. Creo que de alguna manera me blindé como mujer, reprimí todo destello de energía femenina que pudiera contener y puse mi energía masculina a trabajar a tope. Me gradué en menos tiempo del esperado, con honores y con varias propuestas laborales.

Después de trabajar en el bar, no sabía exactamente qué iba a hacer para pagar mi universidad hasta que una chica se me acercó después de una clase y me preguntó si estaba dispuesta a quedar con ella dos veces por semana para explicarle esa asignatura que tanto le costaba. En menos de un mes ya les estaba dando clases a diez personas y cobrando casi lo mismo que ganaba en el bar, pero sin jefe, sin recibir órdenes, piropos groseros ni insultos.

Como una ola de mar, la noticia de que daba clases particulares se fue expandiendo y, casi sin pensarlo, en tres meses tenía muchos alumnos y ganaba mucho más de lo que me pagarían en cualquier otro trabajo con un horario fijo. Incluso desarrollé un sistema en el cual los alumnos que quisieran pagar menos podían acceder a sesiones grupales virtuales y un foro o campus donde respondía preguntas o enviaba material complementario interesante.

Mi vida era ir a la universidad a estudiar por la mañana, dar clases particulares por la tarde y estudiar en la biblioteca por las noches. Muchas veces solo veía a mi hermana para cenar o directamente los fines de semana, si eran épocas de exámenes.

¡Quién iba a decir que mi inteligencia se pagaba tan bien! Durante toda mi educación primaria y secundaria mi inteligencia había sido motivo suficiente para que el resto de las compañeras me vieran como a una *nerd* y me excluyeran o me exigieran dejar de ser virgen y contar detalles de mi vida sexual para permitir mi permanencia en su grupito de «élite». Los chicos me veían como a la «aburrida» o no me veían, directamente. Pero ahora, en la universidad, mi inteligencia se valoraba, se pagaba (muy bien) e, incluso, me convertía en una persona «popular».

Víctor, como te comenté antes, la amistad y el amor eran dos áreas de mi vida que me habían dado muchos disgustos, así que decidí inconscientemente bloquearlas, hasta el punto de ni siquiera darme cuenta de que me estabas buscando cada vez más.

Cierto día oí a mis compañeras de oficina hablar en el baño sobre tu interés por mí. Se las notaba celosas o envidiosas, así que las ignoré. Pese a sus mil intentos por invitarme a salir los viernes después del horario de oficina, no me apetecía volver a rodearme de víboras, ya había cerrado la libreta de amigas en mi vida. Mejor sola que mal acompañada, me repetía.

Ese rumor no cobró sentido para mí hasta que me invitaste a trabajar contigo en el «Proyecto Cardamomo». Era un proyecto millonario y yo una novata. Era sospechosa tu propuesta, pero, como al jefe no se le cuestiona nada, acepté.

Nos reuníamos todos los lunes y viernes en tu oficina para hacer lluvia de ideas y puesta en común. Trabajábamos bien juntos y el proyecto salió mejor de lo que esperábamos. Fue el día de la inauguración del Hotel Boutique Cardamomo el día en el que me dijiste que mi frialdad te resultaba cada vez más sexy y que no ibas a parar hasta conquistarme porque sentías que era la mujer de tu vida.

Me trajiste en tu descapotable hasta mi casa, bajaste y diste la vuelta al coche para abrirme la puerta como un caballero de brillante armadura, y, cuando esquivé el beso que me quisiste dar, en lugar de enojarte o decir algo violento, me dijiste que no pasaba nada, que tenías toda la vida para esperarme.

Me confundiste, no estaba preparada para abrirme al amor nuevamente, pero eras todo lo que estaba bien: guapo, exitoso, millonario, gracioso, caballeroso y atento.

Hoy, mientras escribo, lo veo claro: iba a estar otra vez con el jefe y me iba a ganar otra vez el odio de mis compañeras de trabajo. Distintos personajes, distintas circunstancias, misma historia…

Tu empeño por estar conmigo a solas era cada vez más evidente. Me llamabas para todos los proyectos importantes de la empresa, aunque yo fuera la última en llegar y las más inexperta.

Llegó el «Proyecto Sur» y tuvimos que hacer ese viaje solos a Marrakech. Primera clase en el avión (situación impensable para mí), hotel lujoso y todos los caminos conducían a Roma. Aunque teníamos habitaciones separadas, comíamos juntos, viajábamos juntos a supervisar los últimos detalles de finalización del Proyecto Sur, nos reuníamos con los dueños e inversores juntos y de vez en cuando nos cruzábamos en el *spa* del hotel. Me sentía como la protagonista de la saga *50 sombras de Grey*, solo que ella cedió el primer día, mientras que yo esperé seis meses.

La última noche en el hotel, después de haber tenido mil reuniones y haber firmado un contrato millonario, me escribiste un mensaje diciéndome que me vistiera de gala, que íbamos a celebrarlo a lo grande. Confieso que, para aquel entonces, ya tenía ganas de comerte la boca, aunque tuviera que pagar las consecuencias después.

Cenamos, bebimos y fuimos al casino. No a la parte de jugar, sino a la parte de bailar.

Llevaba años sin bailar y años sin divertirme tanto, así que todo terminó en mi cama. Respecto a esa noche, no tengo ninguna objeción, fue perfecta.

Me preocupaba lo difícil que iba a ser volver a la normalidad de la oficina y seguir mirándote como te miraba antes. No sé mentir y no sé disimular, pero no hizo falta, porque ese primer día llegaste con una rosa en la mano y me saludaste con un beso en la boca.

Todas miraron para abajo como si no hubieran visto nada, pero en cuanto cerraste la puerta de tu despacho se abalanzaron sobre mí para preguntarme qué había pasado en Marrakech.

Era un *déjà vu*, me sentía acorralada por las hienas como cuando mis «amigas» se juntaban a escuchar mis aventuras con mi ex. Sentí que me faltaba el aire y me llamé al silencio diciendo que nada, que solo nos habíamos besado. Ese día dejaron de invitarme a los *afterworks*, pero la verdad es que no me importó, no estaba dispuesta a dejar que nadie arruinara mi momento profesional y personal.

Desde ese día cada mañana encontraba una flor, un bombón o una notita que me hacían sonrojar y me enamoraban poco a poco de ti. Hoy me doy cuenta de que quizá eras solo como un perrito levantando la pata y meando para marcar territorio, pero bueno…, me hiciste sentir la primera dama.

Contigo conocí los lugares más lujosos para comer, los hoteles más bonitos, viajar en primera clase y contactos muy poderosos. Era la cenicienta, la sirenita, Pocahontas, Blancanieves y todas las princesas de Disney juntas en este cuento prometedor.

La primera luz roja que se me encendió fue cuando me pediste que te acompañara a la inauguración del Gran Hotel Plaza en Mallorca. Me dijiste que había que ir de gala y yo me compré un vestido rojo muy sexy para enamorarte. Cuando me viste arreglada y lista para salir me dijiste que era muy escotado, que me pusiera otro o me tapara las tetas. Me sorprendió que usaras la palabra «tetas» porque siempre habías hablado con mucha clase. Te dije que no tenía otro vestido, miraste el reloj y empezaste a desesperarte, yo no entendía nada, pero enseguida te mostré que tenía un chal que podía atar en mi cuello de cierta manera para que me cubriera el escote. Me dijiste que sí con la cabeza y que no me lo quitara en ningún momento.

Esa noche te noté tenso, preocupado. Recuerdo que en un momento me quise alejar de tu lado para ir a servirme algo para beber y, sin dejar de mirar al empresario que te estaba hablando, me tomaste del brazo fuerte y me retuviste. Me pareció extraño, pero no le di mayor importancia.

Más tarde, a punto de irnos ya, mientras esperábamos que nos trajeran el coche, me quité el chal porque tenía calor y ya nos íbamos. El aparcacoches bajó del lugar del conductor, rodeó el coche y me abrió la puerta mientras me miraba el escote. Lo sorprendiste con un grito que lo descolocó. Nunca te había visto una mirada de ira tan profunda, me asusté, pensé que ibas a montar un escándalo, pero no, eso no sería propio de ti.

No hablaste en todo el viaje y respondiste con monosílabos hasta que te pregunté si lo habías pasado bien. Me miraste con la misma ira con la que habías subido al coche y me dijiste que lo habrías pasado mejor si yo no me hubiera vestido como una «puta». Me encogí de hombros, me sentí culpable y vulgar a tu lado, no merecedora de ser tu acompañante…, me sentí fatal.

Esa noche no hubo besos ni arrumacos, fuiste frío, distante y, aunque me dieras la espalda y no hablaras, sentía tu rechazo hacia mí. Entendí la indirecta: no más vestidos rojos ni escotados para salir contigo.

Aunque lo quise negar en aquel momento, algo se rompió entre nosotros. Me seguías invitando a eventos importantes, pero empezaste a comprarme los vestidos tú, o tu secretaria, mejor dicho. Al principio yo no decía nada, me quitaba un peso de encima no tener que pensar qué ponerme y la verdad es que todos me quedaban bonitos.

La segunda luz roja fue cuando me invitaste a esa barbacoa en la casa del lago de tu amigo Francis. Iban a ir todos con sus respectivas mujeres y pintaba ser un encuentro muy divertido, pero te noté estresado. Era como que no querías que me acercara a nadie, como si me fuera a contagiar de algo. Por la noche las mujeres nos fuimos a dormir y vosotros os quedasteis en la orilla del lago bebiendo y conversando. Cuando llegaste a la habitación yo estaba despierta, leyendo un libro que había encontrado en una biblioteca de la casa. Te miré con ternura, esperando que me contaras cómo lo estabas pasando, pero tu mirada estaba en llamas otra vez. Te abalanzaste sobre mí, me arrancaste el libro de las manos y lo lanzaste con fuerza hacia la pared. Te me acercaste mucho a la cara y con aliento de alcohol y los ojos inyectados en sangre me dijiste que habías visto cómo miraba a Peter, que lo estaba provocando, que te estaba haciendo pasar vergüenza y que todos iban a pensar que había ido al encuentro con una «puta»... No pude parar de llorar esa noche y al día siguiente sentí tanta vergüenza que solo miré para abajo, tratando de no mirar a los ojos a nadie, como si me fueran a convertir en piedra, tratando de no opinar, sintiéndome la más vulgar de toda la casa, la que no merecía estar ahí.

Ni siquiera te exigí que me pidieras disculpas porque asumí tu verdad como si fuera la mía. Te creí y me creí que era una puta por mirar a los ojos a Peter.

Después de eso sí cambió un poco nuestra relación. Estabas más distante, menos presente conmigo, incluso empezaste a ir solo a eventos a los que antes me habrías pedido que te acompañara. Yo me había hecho algo adicta a tu atención, a tu caballerosidad, a que me cogieras de la mano como si te sintieras orgulloso de estar a mi lado.

Pasamos de dormir siete noches seguidas juntos en tu piso superlujoso a dormir una con suerte. Pasaste de llamarme «Beba» a «Eva», como cuando nos acabábamos de conocer.

Yo me hice cargo completamente de haberte decepcionado, no sabía cómo remediar lo que supuestamente había hecho mal. Sentí que te perdía hasta que me invitaste a conocer a tu familia. Me compraste toda la ropa que tenía que usar y me dijiste de qué podía hablar. Me dijiste que no contara que era tu empleada, que dijera que era igual que tú, otra arquitecta, no decoradora. Me advertiste que tu hermano era un cotilla, que me mantuviera alejada para no cometer errores en mi discurso…

Me estabas llevando para hacer de otra mujer, para impresionar a tu familia por mi envoltorio. «Calladita te ves más bonita» era el mensaje que yo recibí, pero lo acepté, porque a esas alturas yo aceptaba todo con tal de estar contigo.

Te noté incómodo todo el día y eso me hacía sentir incómoda a mí también, porque pensaba que estaba haciendo algo mal.

Esa noche tu hermano propuso quedarse jugando a las cartas y la verdad es que lo pasé muy bien, me reí mucho y no me pareció para nada cotilla, al contrario, sentí que estaba esforzándose por hacerme sentir cómoda e incluida en tu familia.

Cuando nos fuimos a la habitación estabas callado, pero no quise preguntar. Me fui a la ducha y, mientras tenía los ojos cerrados y sonreía por lo bien que lo habíamos pasado jugando a las cartas, me sorprendiste como un león agazapado esperando a su presa, me tomaste del cuello con fuerza, me tiraste contra la pared y, mirándome a los ojos, me dijiste que te habías dado cuenta de que me gustaba tu hermano, que era una «puta» y que no me tendrías que haber llevado, que te avergonzabas de mí y que por mi culpa habías quedado mal con tu familia. Me habría gustado decirte algo, pero la sorpresa, el miedo y la presión en mi garganta hicieron que me quedara en silencio.

No dormí nada y sé que tú tampoco, porque no parabas de dar vueltas en la cama.

La mañana siguiente fue una pesadilla. Sin hablar prácticamente, me dijiste que metiera mis cosas en la maleta, que nos íbamos a ir en ese mismo momento con la excusa de que me sentía mal, que llevarme había sido la peor decisión que habías tomado en tu vida.

Yo no quería llorar para que nadie se diera cuenta, pero por dentro me dolía hasta el alma, no entendía nada, pero te creía. Eso es lo que más rabia me da conmigo misma cuando recuerdo la relación que tuvimos… ¿Por qué nunca me revelé o siquiera pensé que quien estaba mal eras tú y no yo? ¿Cómo asumí toda la culpa de tu maltrato? ¿Por qué otra vez un jefe violento?

La cosa fue de mal en peor y toda la autoestima que había estado queriendo reconstruir desde cero durante los últimos años se fue al suelo o más abajo aún.

Nunca había tenido ningún problema con mi sexualidad hasta que empezaste a frenar en pleno momento de calentón para decirme que era mi culpa que no se te levantara, que era bruta y lo estaba haciendo mal… Me llegaste a decir que ni para follar servía, que como «puta» era muy mala y cara.

¿Cómo no me fui a tiempo? ¿Cómo no te crucé la cara de un bofetón? ¿Cómo no pedí ayuda?

Otra vez rota y sola… Otra vez me entregaba al amor y el amor me destrozaba.

Otra vez viendo cómo mi hombre, el que se había esforzado tanto por enamorarme cuando yo estaba tranquila y no quería saber nada de él, coqueteaba con todas mis compañeras.

Me gustaría decir que me fui a tiempo, que esta vez no necesité casi morir en un descampado para renunciar, pero no fue así. Tardé como un año en darme cuenta de que no ibas a volver a estar conmigo, me quedé como un año mendigando migajas de tu atención, viendo cómo mi corazón se rompía lentamente.

La Eva empoderada y brillante como el arcoíris que se había postulado para trabajar en tu empresa estaba devastada, gris, opaca.

No hubo ruptura, no hubo última conversación, no hubo punto final. De un día para otro me sacaste de tu vida como quien saca la basura a la calle y empezaste a tratarme como a una empleada más.

Como te habías esmerado en que todas mis compañeras se dieran cuenta de lo nuestro, yo estaba ocho horas en mi escritorio sola, sin hablar con nadie, sin cruzar miradas, ni sonrisas, ni nada.

¡Qué tonta fui! Me miro y me doy pena… Yo solo quería dar todo mi amor y recibir un poquito a cambio, me conformaba con un poquito.

Cuando perdí toda mi esperanza, mi fuerza y mi dignidad, cambia de trabajo de nuevo a los 25.

Te voy a confesar algo, Víctor, algo que no te va a importar nada, pero para mí es revelador: empecé escribiendo esta carta con miedo, porque hasta antes de que me ingresaran sin conexión a internet, cada poco tiempo revisaba tu perfil abierto y ostentoso de Instagram para ver lo que hacías o con quién estabas. Me dolía ver que subías fotos con muchas chicas, pero de mí ni rastro. En el año y pico que estuvimos juntos no habías publicado ni una foto conmigo.

Pensé que esta carta iba a terminar con un «te perdono», «te absuelvo», «te dejo libre»…, pero no. Me doy cuenta de que tú siempre fuiste tú, que no te esforzaste por mentir ni ocultar nada, al contrario, fui yo la que se esforzó por no ver. Yo renuncié a ser yo misma para estar contigo. Yo me ignoré, me rechacé y me maltraté creyendo todo lo que me decías. Así que a quien tengo que perdonar, absolver y dejar libre es a mí misma. Siento que fui yo la que agarró a su niña interior del cuello y le dijo «calladita te ves más bonita».

En realidad, no eras tú quien me maltrataba, sino yo quien miraba para otro lado.

Puedo cerrar los ojos y ver el terror que tenía mi niña interior a tu mirada de ira, puedo verme diciéndole que aguantara, que tenía que aguantar… Yo la tendría que haber defendido, la tendría que haber visto cuando se hacía una bolita cada vez que la llamabas «puta», la tendría que haber cogido en brazos y arropado, tendría que haberla sacado de ahí, haberle dicho que era hermosa, que era buena y que se merecía que la tratasen con amor y respeto.

Me perdono.

Tú fuiste solo un espejo de mi escaso amor propio. Fuiste solo uno más en mi vida que vino a reforzar mi creencia dolorosa y arraigada de que no merezco que me amen, que merezco que me maltraten… Tal vez si aquella tarde no le hubiera contado a mi madre que vi a mi padre con otra mujer tomando un café, ellos no se habrían peleado. Tal vez si ellos no se hubieran peleado, no se habrían subido al coche discutiendo a gritos. Tal vez si no se hubieran subido al coche ese día, aún estarían vivos, cuidando de mí. Yo volvería a ser hija y tal vez no sentiría esta culpa que arrastro por haberlos herido, por haber provocado ese accidente sin querer. Tal vez no sentiría la necesidad de saldar mi deuda con tanto dolor.

Al final sí serviste para algo: trajiste tanta oscuridad a mi vida que no me quedó otra que encender mi propia luz.

Me despido con la certeza satisfactoria de que nunca más te voy a volver a ver.

Eva

Es simple:

quien te quiere

de verdad

hace que

te quieras más.

Miércoles, 13 de febrero, 17 h.

Querido Fabio:

Te digo querido porque aún te sigo queriendo y porque, aunque hasta hace cuatro días te odiaba profundamente, estoy haciendo una terapia de exorcismo reveladora e intensa que se llama «escritura» y que me ha hecho ver cosas que antes no veía, porque no podía o porque no quería.

Comenzaré contándote que en cuanto te fuiste aquella tarde, después de discutir, me desmayé. No sé cuánto tiempo pasó, pero por suerte Nelly oyó nuestros gritos y sospechó que yo no estaría bien después de esa discusión, así que fue a llamarme a la puerta seguramente con la excusa de llevarme algo rico para comer. No me preguntes cómo, pero de alguna manera su sexto sentido le dijo que yo no abría la puerta, pero seguía dentro.

Buscó ayuda, consiguió entrar y me encontró desplomada en el suelo. Llamó a la ambulancia, me trajeron hasta aquí y cuando desperté me dijeron que mi cuadro se agravó tanto y tan rápido que solo me quedaban siete días de vida para esperar un corazón de segunda mano y hacer un trasplante.

El primer día internada te odié y si hubiera tenido señal en el móvil te habría escrito para decirte las peores barbaridades que habría dicho nunca. El segundo día te odié también, pero ya no quería decirte barbaridades, sino contarte todo lo que me pasó después de que te fueras para hacerte sentir culpable y que me pidieras perdón de rodillas. En definitiva, quería manipularte con la lástima (así de bajo caí, ja, ja, ja). El tercer día se lo dediqué a mis dos primeros ex y, para mi gran sorpresa, casi ni pensé en ti. Hoy, día cuatro, decido escribirte esta carta con una claridad pocas veces vista en mí.

Fabio, llegaste a mi vida cinco años después de una relación que me había destrozado el alma. Nunca te hablé de mis ex porque de alguna manera era resucitar lo vivido y en ese momento, para mí, ocultar o reprimir lo que dolía era mejor que sacarlo fuera y que doliera dos veces. Pero, verás, a pocos días de visitar a San Pedro y metida en una pecera sin contacto con el mundo exterior y sin señal en el móvil, un angelito llamado Rosita y disfrazado de enfermera me dijo que escribiera, que plasmara en el papel todo lo que tenía dentro.

En mi más profunda soledad y usando mi lápiz como espada, me atreví a entrar en mis recuerdos más tenebrosos, a enfrentarme a esos fantasmas que mantenía en la oscuridad. Pensaba que estaban silenciados, detrás de rejas y chiquitos, pensaba que no se metían en mis decisiones, pero… gritaban, libres y enormes, como si la oscuridad los hubiera agrandado en vez de eliminado.

Pensaba que tomaba las decisiones desde el deseo, pero no, en realidad las tomaba desde el miedo. De hecho, creo que acepté estar en pareja contigo por miedo y no por deseo. Miedo a estar sola, miedo a volver a salir herida, miedo al fracaso, miedo a cumplir cuarenta y no haber podido formar la familia que siempre soñé.

Después de mi último desamor, mi refugio fue, como siempre, mi trabajo, mi profesión, mi ambición.

En la última empresa en la que trabajé conocí a Meli, nuestra amiga en común y la responsable de que nos conozcamos. Sé que crees que aquel encuentro fue casual, pero no, caíste en una trampa que te contaré con todo lujo de detalles.

Meli vino a demostrarme que la amistad entre mujeres sí es posible. Ella supo ganarse mi corazón con gestos tan chiquititos como preguntarme cómo estaba y qué necesitaba, supo escucharme sin juzgarme y me vio, vio mi dolor sin que se lo contara, vio la soledad y el vacío que sentía antes de que yo misma lo reconociera. Meli fue mi ángel de la soledad y con ella me fue fácil recuperarme del último idiota que me rompió el corazón.

Me encantaba verla en la oficina, me encantaba ir al gimnasio con ella y me encantó conocer a su grupo de amigas y sentirme una más.

Tanto es así que, poco a poco y en paralelo a nuestro trabajo en la empresa, decidimos abrir nuestro propio negocio de arquitectura y decoración.

En menos de un año nuestro proyecto despegó y ambas pudimos dejar el otro trabajo y dedicarnos de lleno a lo que nos apasionaba y nos salía cada vez mejor.

Una verdadera amiga
es aquella con la que
las penas se dividen
y las alegrías se multiplican.

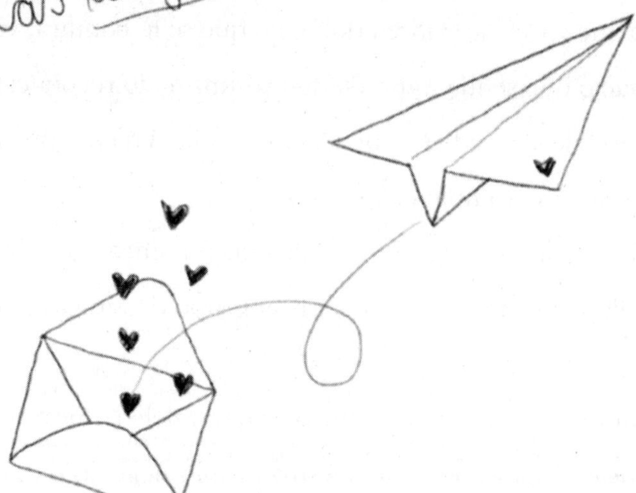

A mis treinta años, exitosa y adinerada, viajamos juntas a México para ver el «Proyecto Tulum Sun». Mirando un atardecer hermoso desde el balcón de nuestra habitación de hotel y tomando un café con galletas de canela, Meli me miró a los ojos y me dijo que probablemente estos viajes los iba a tener que empezar a hacer sola. La miré sorprendida esperando que no me dijera que no quería ser más mi socia, pero no, lo que me contó es que estaba embarazada y que quería tomarse esos nueve meses y el primer año de su futuro bebé con calma. Me contó que ella no había tenido una madre presente por diferentes motivos y que siempre se había jurado a sí misma ser la madre que ella no había tenido, ser una madre presente.

Nos abrazamos, la felicité, la entendí y le dije cuánto orgullo y amor sentía por estar a su lado.

Un tema llevó al otro y la cosa se puso cada vez más profunda, hasta que sacó de mí algo que había enterrado después de mi último intento de relación: yo quería ser madre.

Apenas lo dije guardó silencio y se quedó pensando con esa carita de buena idea que pone cada vez que se le enciende la bombilla. Me dijo que conocía al padre de mis hijos y yo me reí. Me habló de ti, de lo bueno que eras, de lo honesto que eras. Me contó que habías crecido junto a su marido y que erais uña y carne prácticamente desde los cinco o seis años.

Nunca me habían presentado a nadie y no sé si estaba lista para conocer a alguien, pero Meli no me dio opción y planeó nuestro encuentro «casual» en una cena en su casa.

He de confesarte que mi primera impresión cuando te conocí fue ni sí ni no…, dejémoslo en NI, por decirlo de alguna manera.

Físicamente no me disgustabas: tenías todos los dientes, cabello aparentemente abundante y con poca probabilidad de calvicie, bonita mirada, cara de bueno y tripita bien disimulada con la ropa que llevabas puesta.

En cuanto a la actitud, bien, amable, correcto.

Me habría gustado que te ofrecieras a llevarme a mi casa sin que Meli te lo hubiera recomendado sin ningún disimulo, pero bueno, el viaje fue ameno y por suerte no intentaste besarme, porque habría tenido que hacerte la cobra y de la cobra no se vuelve.

Al principio me dio la sensación de que no te gusté. ¿Qué es eso de tenerme esperando dos semanas sin decirme nada? Pero llegó tu imprevista y agradable invitación a cenar solos. La cena estuvo bien. Nos dimos nuestro primer beso, que también estuvo bien. ¿Qué te voy a contar?

Creo que ni tú ni yo nos habríamos elegido si Meli y su marido no hubiesen estado organizando planes en pareja permanentemente.

De alguna manera nos convertimos en compañeros de viaje. Nos respetábamos, nos acompañábamos y estoy convencida de que aquella charla pendiente que finalmente tuvimos fue la que terminó de afianzar nuestro vínculo y nos ayudó a tomar la decisión de vivir juntos: ambos queríamos ser padres. Esa noche, en el cumple de Meli, me preguntaste si deseaba ser madre y después de responderte que sí me dijiste «te amo» por primera vez.

Ambos teníamos estabilidad laboral y más o menos nos gustaban las mismas cosas; yo le caí bien a tu familia y tú le caíste bien a mi hermana; teníamos amigos en común, los anillos de compromiso, una hipoteca y habíamos elegido los nombres de nuestros hijos. El pack completo, vamos. Solo nos faltó el perrito. En nuestra vida sobraban las certezas y no cabía una gota de incertidumbre, hasta que mi salud puso en jaque nuestro destino.

Hasta ahora he evitado el momento de escribirte porque sentía que me iba a afectar mucho más, pero, verás, han pasado cosas que me han hecho ver toda mi vida desde una perspectiva completamente nueva y, desde este nuevo lugar, ya no te odio, no te culpo y hasta te entiendo.

En cuanto me dijiste que te ibas, sentí que para ti solo había sido un objeto, un instrumento, un medio para conseguir un fin. Me dolió terriblemente saber que solo me querías para tener hijos. Me sentí usada y ofendida, hasta que me di cuenta de que lo que más me dolía era que yo había hecho lo mismo contigo.

Debió de ser por los desamores que había tenido antes, por mi edad, porque el reloj biológico me pisaba los talones, por miedo a volver a sufrir por alguien que sí me gustara, por encontrar la puta zona de confort de la que todos hablan, por… No importa. En algún momento me conformé con encontrar una relación sana y un padre «normalito» para mis hijos. Me dolió que me usaras porque me hizo darme cuenta de que yo también te estaba usando. Así que todos los insultos que te lancé en realidad eran para mí.

Desde este nuevo lugar puedo verme como víctima y victimaria a la vez y me da pena, me avergüenza, me dan ganas de pedirte disculpas. Sé que eres un buen hombre y que siempre fuiste sincero conmigo, siempre me dijiste que tu sueño era ser padre de familia, así que imagino el dolor que debió de causarte la noticia de que yo no podía ser madre.

No te voy a negar que me pareció muy cobarde por tu parte preguntarle a tu madre qué opinaba y después salir corriendo por la puerta de atrás como una rata. Fuiste cobarde por huir, pero yo fui más cobarde por querer quedarme a tu lado.

Una parte de mi alma siempre supo que tú eras mi «peor es nada», pero creo que estaba cansada de seguir intentándolo, cansada de sufrir por amor o de sentirme sola aun estando en pareja. Y sin embargo, qué paradoja: nuestra relación fue la mayor soledad que sentí. Me mentí y me conté muchas historias que necesitaba escuchar para quedarme a tu lado, para rechazar mi deseo y sobre todo para «conformarme».

Creo que la vida me quitó el privilegio de ser madre biológica porque lo estaba usando en mi contra, para anularme, para rechazarme, para ir apagándome lentamente al quedarme en una relación donde prácticamente éramos compañeros de piso con sexo ocasional (muy ocasional).

Ya no te juzgo Fabio, te dije que te amaba sin amarte, te dije que quería formar una familia contigo, pero solo quería tener hijos con un hombre «normal», con un hombre de bien.

Te libero de mi vida y te deseo lo mejor. ¡Ojalá encuentres a alguien que te mire como yo miraba a Rodrigo o a Víctor, esos dos hombres que me hicieron temerle tanto al amor que me rendí y dejé de buscarlo…! En ese estado de rendición llegaste tú, y sí, yo también te usé.

Fuiste un buen hombre y yo una buena mujer, pero no basta con ser buenos para amar o ser amados. Hay que ser valientes, hay que dar. Fuimos cobardes y en vez de dar buscamos recibir. Tarde o temprano nuestra torre de hielo se iba a derretir. Y, ¿sabes?, me alegro de que fuera antes de tener hijos en común, porque nos merecemos ser padres felices, como lo fueron los míos.

No sé si volveré a verte, pero ¡qué más da! Sé todo lo feliz que puedas que, si consigo salir viva de esta, voy a hacer lo mismo.

Con amor, Eva

Quien se ha
quemado por amor
se vuelve

COBARDE

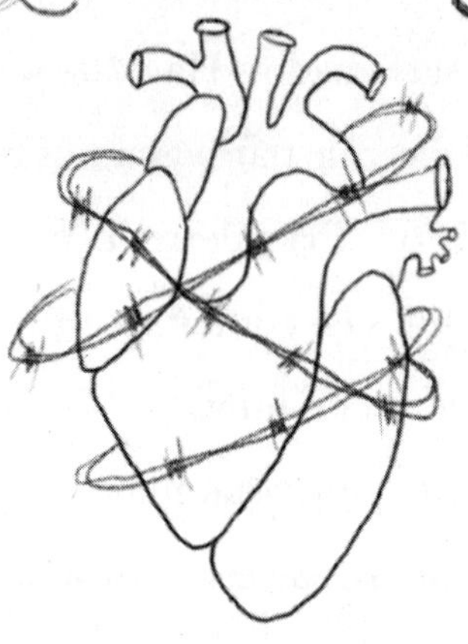

para AMAR.

Miércoles, 13 de febrero, 20 h.

Querida Mar:

Tengo buenas y malas noticias.

Comenzaré con la buena. Hasta hoy solo quería que esta pesadilla pasase lo más rápido posible y salir de aquí siendo la Eva que siempre fui. Pero, después de escribir un buen rato, me he dado cuenta de que la Eva que siempre fui es la que enfermó, y no quiero volver a ser esa versión de mí misma.

La mala: las cosas aquí se están complicando más rápido de lo que los médicos esperaban. Estoy teniendo arritmias que debilitan mi corazón y mis riñones están empezando a funcionar más lento o peor (no entendí la diferencia). Rosita me dice que no me preocupe, que está rezando día y noche para que llegue mi corazón y que tiene fe de que va a llegar. La fe no es mi fuerte, pero ahora es todo lo que tengo.

No llamé a Pepe porque después de comer estaba supercansada. Una médica a la que nunca había visto ordenó que me pusieran oxígeno y después de eso repunté un poco, pero, aun así, cuando hablo me canso y no me gustaría que Pepe se diera cuenta de que algo está pasando y te llegase esa información a ti.

No tengo miedo de morir, tengo rabia por todo lo que no he vivido.

Llevo quince años trabajando de lunes a domingo y no sé lo que es tener un día libre. Hoy Rosita me ha preguntado cuál era mi autor o mi libro favorito y no he sabido qué contestar, porque prácticamente todo lo que he leído fue para la facultad. Me ha preguntado cuál era mi comida favorita y tampoco he sabido qué contestar. Le he dicho pizza porque fue lo primero que me vino a la mente, pero la verdad es que hace tanto que como de pie, con prisas y solo para sobrevivir, que he dejado de saborear, de disfrutar.

Me convertí en un robot, en una máquina de hacer y hacer. Productividad y felicidad se convirtieron en sinónimos, y palabras como placer y calma salieron de mi diccionario directamente.

¡Qué mala costumbre la mía de dejar la vida para después! Como si fuera eterna.

No sé cómo va a seguir mi cuadro médico, pero quiero que sepas que estos días a solas conmigo misma están siendo muy reveladores, muy sanadores. Me rechacé durante mucho tiempo, me maltraté y me escondí detrás de mis logros y medallitas.

Dile a la psicóloga de mi parte, por favor, que no quiero morir porque deseo irme de vacaciones sola, con una maleta pequeña con rueditas. En la maleta pondría algo de ropa, una buena libreta, un boli, una cámara de fotos instantánea y protector solar…, nada más.

«Uno no sabe lo que tiene hasta que lo pierde», dicen por ahí. ¡Qué gran verdad! Me di cuenta de que estaba viva unos días después de recibir mi diagnóstico de muerte.

Te voy a decir algo que no vas a poder creer… «Suelto y confío», hermanita. La reina del control y el perfeccionismo renuncia en este mismo momento. No quiero ni hacer la cama. Estoy rebelde, y qué bien se siente.

Te quiero infinitamente, Mar, y prometo llamarte mañana pase lo que pase.

Un beso enorme para los cuatro y gracias por ser mi luz siempre, incluso ahora, sin saberlo.

Eva

Jueves, 14 de febrero, 6 h.

Hermanita:

No he pasado una buena noche. Tengo más cables enchufados que nunca y estoy un poco hinchada porque mis riñones están empezando a fallar.

Cada vez vienen más médicos a verme y los dos enfermeros de la mañana que eran muy divertidos y cariñosos hoy ni me han hablado.

Rosita debería haberse ido a dormir su casa, pero se ha quedado aquí por y para mí. La noto cansada y preocupada. Aun así, cada vez que cruzamos miradas me regala una sonrisa llena de arruguitas en los ojos. Durante la noche, mientras los médicos entraban y salían de mi habitación, yo deseaba que entrara Rosita para preguntarle lo que estaba pasando, porque ella no sabe mentir. Pero esta mañana la he visto, con su cara de preocupación y sus ojos rojos de haber trabajado como dieciocho horas, y lo único que he podido hacer es agarrarle la mano cuando ha pasado cerca de mí, mirarla fijamente y decirle: «Gracias, Rosita, no te preocupes por mí, que voy a estar bien». Ella ha asentido con la cabeza y ha mirado rápido a otro lado, para que yo no me diera cuenta de que tenía los ojos llenos de lágrimas… Rosita no miente, Mar.

Hoy voy a tener que llamar a Pepe y contarle la verdad. Ojalá ya puedas hablar por teléfono, porque sería una putada tener que irme sin despedirme de la persona a la que más amo en la vida. Te prometí que si la cosa iba a peor te avisaba y, bueno, aunque nadie me diga nada, lo sé, lo siento, el final es inminente.

Hay cosas que me gustaría contarte, cosas que nunca he podido antes, pero el momento me pide hacerlo.

La primera es que cuando mamá y papá me dijeron que iba a tener una hermanita yo me puse a llorar. Pensaron que eran lágrimas de emoción, pero eran de rabia: yo no quería tener una hermanita, yo quería ser hija única. Mamá y papá tuvieron la delicadeza de no contarte todas las maldades que te hice durante los primeros cinco o seis años de tu vida. Me acuerdo perfectamente del día que te acepté como hermana, el día que dejé que me quisieras y que empecé a quererte con locura. Fue un día que tú estabas llorando porque eras la única de tu clase que todavía no sabía leer. Me dio tanta impotencia verte llorar por eso que esa misma noche me metí en tu cama con el libro *El principito* y una linterna. Dejé la luz apagada para que no nos llamaran la atención, hicimos una tienda de campaña con la manta y nos pasamos un rato largo practicando la lectura. Esa noche es de las más bonitas que recuerdo haber vivido contigo, pero hubo un momento en especial que me guardo en el alma y me lo llevo al infinito y más allá. Después de estar unos minutos concentrada con la explicación de que la «c» al lado de la «h» suena «ch», te miré para ver si me habías entendido y estabas con la cara apoyada en tus puños mirándome como si fuera una crack… Vi que me admirabas y ese gesto, ese día, me inspiró a ser cada día mejor por y para ti.

Ojalá poder hacer una tienda de campaña con la manta y leerles *El principito* a los mellis y que me miren con esa carita con la que me miraste tú. Ojalá ser la mejor tía del mundo y enseñarles a montar en bici, llevarlos de paseo, sacarles diez mil fotos en cada una de sus funciones del cole…

Tengo algo más que contarte, algo que me apena mucho no haber resuelto antes de llegar a estar ingresada y con el corazón roto para darme cuenta. Siempre creí que la muerte de papá y mamá había sido mi culpa y creo que, de alguna manera, decidí que yo no merecía ser amada, incluso siento que de alguna manera busqué castigarme a través de las relaciones que tuve.

Ese triste día salí del cole más temprano de lo normal porque, como tenía todas las asignaturas aprobadas, tenía permiso para irme y solo se quedaban los que necesitaban hacer recuperaciones. En vez de ir a casa directamente, fui al centro comercial a ver cuánto costaba una plancha para el pelo, porque como todas se lo planchaban, yo me lo quería planchar también.

Cuando pasé por la cafetería que está junto a la escalera mecánica, esa que es superbonita y está llena de plantas, vi a papá hablando con una mujer. Primero quise pensar que era una compañera de trabajo o una clienta, pero se cogieron las manos y empezaron a hablar con las caras muy cerca. Parecían estar discutiendo, pero, en cualquier caso, no se soltaban las manos. Se me aflojaron las piernas y todo mi mundo ideal se vino abajo. Caminé en *shock* hasta casa y cuando llegué vi que mamá estaba preparando la maleta de papá porque se iba de viaje por trabajo.

Sentí rabia, impotencia, angustia. Pensé en no decirle nada a mamá hasta confirmar la situación, pero no pude aguantarme y se lo vomité. Ambas lloramos de nervios, de dolor, de rabia. Cuando papá llegó, yo estaba en mi habitación, oí la puerta, dos gritos y acto seguido los vi desde mi ventana subir al coche. Dentro del coche estuvieron como diez minutos discutiendo hasta que arrancaron. Papá parecía enfadado, pero aun así decidió conducir.

Esa fue la última vez que los vi.

Nadie sabe esto porque hasta ahora me sentía culpable y me daba vergüenza. No podía evitar pensar que, si no hubiera dicho nada, no habrían discutido, que, si me lo hubiera guardado, aún seguirían vivos.

Fue muy pesado cargar con esto, Mar, fue tan pesado que creo que de alguna manera me sentí en deuda y busqué pagar el precio con mi vida, con maltrato, con dolor. Creo que, hasta hace unos cinco días, seguía vivo en mí el deseo de haber muerto yo en su lugar, el deseo de ir detrás de ellos y pedirles perdón, el deseo de que me abracen una vez más.

Y casi casi lo logro, Mar. Aquella vez Rodrigo no me mató porque hubo un ángel que en medio de la nada me vio y me llevó al hospital. ¿Qué clase de persona en su sano juicio ve a una mujer sucia y ensangrentada tirada en un descampado y la sube a su coche limpio y la lleva al hospital?

Una parte de mí sí murió en esa paliza, pero de nuevo apareció un ángel, una enfermera que me trató con amor de abuela en la noche más oscura de mi alma.

Cuando mi desconexión con la vida era total y estaba dejando de comer, descansar y disfrutar por trabajo y dinero, llegó Meli. Había perdido la fe en la amistad o, mejor dicho, había perdido la fe en mí para hacer amigas, hasta que llegó ella. Se coló sin permiso y hablando en voz alta como se cuela en todos lados. Me eligió y a mis veintitantos empecé a sentir lo que era saborear la comida, empecé a descubrir que cada país tiene sus sabores propios y que, si cierras los ojos y llevas la atención a tu lengua, puedes elegir en qué parte del mundo estar con cada bocado. Con Meli descubrí las terapias de helado y Netflix, descubrí que una amiga es una hermana que se elige y me he sorprendido muchas veces al darme cuenta de que sabía lo que yo pensaba antes de que se lo dijera y que me quería y me cuidaba mucho más que yo a mí misma.

Meli está de luna de miel con su marido en Capadocia, siempre fue su sueño montar en uno de esos globos aerostáticos de mierda, ja, ja, ja. Sé que, si le contaba lo que me estaba pasando, ella iba a dejar todo y venir… Si no llego a verla de nuevo, porfa, dile que me per-

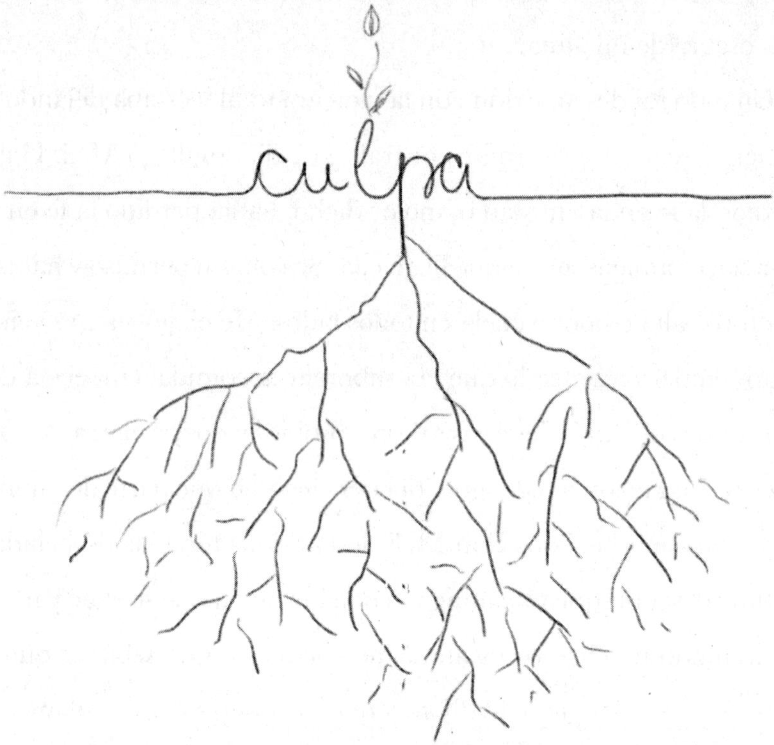
culpa

done, que no sé ponerme primero y que la amo con toda mi alma. Que solo tengo palabras de gratitud para ella y que ha sido mi ángel de la soledad durante estos últimos años.

¡No me olvido de Pepe ni de Nelly, eh!

A Pepe dile que lo quiero tanto, que siento que me puedo ir al cielo o a Narnia en paz porque sé que tú estás en las mejores manos. Que cuando yo pensaba que todos los hombres eran malos, llegó él a darme una patada en el culo y demostrarme que aún quedan esperanzas, que aún quedan hombres maravillosos y que el más maravilloso le tocó al amor de mi vida, a mi luz, mi sol, mi hermanita. Dile que no sea duro con mis sobris y que los lleve a Disney, que les hable de mí y que les lea *El principito* en mi honor.

¡Pienso en Nelly y, uf, se me hace un nudo en la garganta, Mar! No le digas nada a Nelly, voy a tratar de escribirle una carta… Dásela cuando puedas, porfa.

Se me agota el tiempo, hermanita, así que seré breve y te diré las cosas más importantes.

Hace poco, Meli me regaló un libro, que no leí, que tenía un marcapáginas dentro con una imagen de un barco y una frase de la filosofía zen que decía: «La vida es como prepararse para zarpar en un barco que terminará por hundirse». En ese momento me chocó y me hizo reflexionar: ¿cómo se puede vivir pensando que al final todo es en vano porque igualmente te vas a morir? Me pareció pesimista y de mal gusto, habiendo tantas frases hermosas sobre la vida, ¿qué clase de persona deprimida elegiría una frase que habla de la muerte...? Ahora que lo pienso, creo que ni siquiera intenté leer el libro por la mala espina que me dio ese marcapáginas.

¡Hoy lo veo tan claro! Me enfadé con algo tan real como que nos vamos a morir. Tal vez no me ofendí con el marcapáginas, sino conmigo misma… No sé, si lo hubiera leído con más atención y menos resistencia, me habría dado cuenta de que lo que yo de alguna manera estaba evitando era la vida.

Por ejemplo: imagínate que compras un postre tan pero tan rico que lo vas comiendo lentamente. Pero un día te das cuenta de que ya lo estás dejando demasiado tiempo y que nunca has mirado la fecha de caducidad. Buscas la fecha y es mañana. ¿Tú qué harías? Yo me comería el postre rápido hasta empacharme con tal de no tirarlo, lo disfrutaría sin importar las consecuencias…

Tal vez ese marcapáginas era mi recordatorio de caducidad, pero no lo vi o no lo quise ver. Viví como si fuera para siempre y aquí me tienes, pensando y pensando respuestas para la pregunta que me hizo la única psicóloga a la que he visto en mi vida: «¿Por qué no debería morir?».

Pues encontré la mejor respuesta y no sé si volveré a verla para dársela, pero no importa, la dejo aquí como testamento: «no debo morir porque me gustaría irme de esta vida siendo alguien mejor de la que llegó».

Pues algo mejor me voy, y te enumero los pequeños pasos de gigante que fui dando en estos días a ver si te sirven y evitas todo el dolor por el que he tenido que pasar yo para verlo:

1. La culpa y la vergüenza pesan más que el cemento, se apoderan de tus decisiones y son esas decisiones las que funcionan como peldaños para sacarte del pozo o como palas que siguen cavando para hundirte cada vez más. La culpa y la vergüenza solo tienen una kriptonita: la «aceptación». Aceptar lo que pasó no cambia los hechos, pero cambia el significado, la historia que nos contamos al respecto. Hasta ahora la historia que me contaba era que papá y mamá murieron por mi culpa, por haberme metido donde no debía. Hoy acepto que hice lo que creí correcto en ese momento, que fue decirle a mamá algo que me había dolido mucho y que creía que ella merecía saber. Lo que ellos hicieron con esa información dependió única y exclusivamente de ellos. La aceptación es la manera de hacer que las penas dejen de pesar y empiecen a pasar.

2. Cuando tienes amor propio de sobra, no aceptas sobras de amor ajeno. Por no amarme primero, confundí celos, críticas, regalos y maltrato con amor. Ahora sé que quien te quiere hace que te quieras... Era tan simple como eso.

3. Pretender sanar a una persona tóxica es perder tiempo y energía que deberías estar usando en sanar esa parte propia que te conectó con ella.

4. Nadie te puede hacer sentir inferior sin tu consentimiento. Es una frase que leí por ahí y que recién hoy, con la humildad que me

ha dado esta enfermedad, puedo entender. No eran mis amigas las culpables de que yo mintiera; era mi inseguridad la que decidió faltar a mi verdad para complacerlas. No fue Rodrigo el culpable de mi embarazo; fue mi inseguridad la que decidió poner su deseo por encima de mi salud. No fue Víctor el culpable de la destrucción de la poca autoestima que me quedaba; fue mi inseguridad la que aceptó que me hiciera pequeñita hasta desaparecer. No fue Fabio el que me abandonó por estar enferma; fue mi inseguridad la que aceptó ser utilizada en vez de amada. No fue el amor el que me rechazó una y otra vez; fue mi inseguridad la que rechazó al amor por culpa, por miedo.

5. El otro siempre fue un espejo de lo que pasaba dentro de mí, el otro era parte de mí, y rechazándolo, rechazaba el aprendizaje o la lección que la vida esperaba que aprendiera. Convertí aprendizaje en dolor y dolor en castigo por creer que lo merecía.

6. Ahora entiendo que la felicidad empieza por aceptar que merezco lo mejor. No necesito seguir luchando por «ser yo» porque yo «ya soy», siempre lo fui.

¡Ay, Mar! Ojalá estuvieras aquí para ver en la maravilla en la que se convirtió tu hermana. Me siento menos máquina y más humana que nunca, más viva que nunca, aunque mi cuerpo diga lo contrario.

Si me toca quedarme, juro honrar la vida y zarpar ese barco con plena consciencia de que igual se va a hundir. Si me toca irme, quiero que sepas que fuiste el amor de mi vida y que voy a negociar con quien sea necesario para quedarme cerquita de ti y de los mellis.

Te amo hasta el infinito y más allá.

Eva

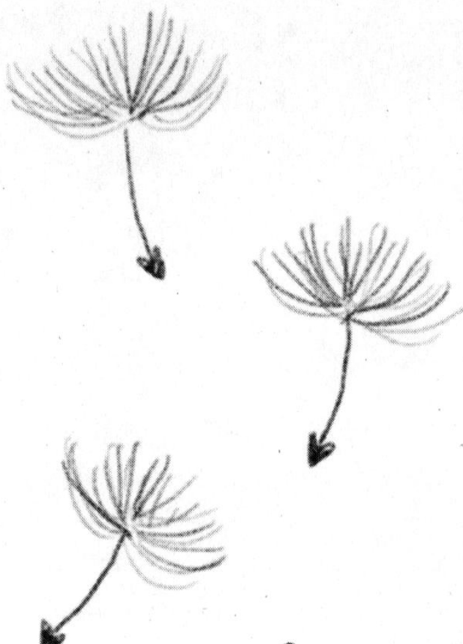

Cuando tienes
amor propio de sobra
dejas de aceptar
sobras de amor ajeno.

Jueves, 14 de febrero, 9 h.

Querida Nelly:

Fuiste, eres y serás siempre nuestra segunda madre.

Antes que nada, quería decirte que lamento mucho que no hayas podido entrar a verme. Sé que lo intentaste y que hasta me trajiste el *brownie* que tanto me gusta. Sé también que no has llamado a Pepe, como te pedí a través de Rosita, e imagino lo que te debe de estar costando mantener este secreto, pero tú y yo sabemos lo que Mar ha deseado llegar a este momento de su vida y lo mucho que este susto podría afectarla.

Verás, la situación está un poco más complicada de lo que parecía aquel día que me salvaste la vida, después de discutir con Fabio: hace muy poquito tiempo me detectaron una enfermedad en los riñones que afectaba a mi corazón, pero puede que en realidad haya sido al revés y que el corazón fuera el que afectaba a los riñones… La verdad es que no entiendo mucho y tampoco me interesa entender. La cuestión es que por alguna razón el cuadro se agudizó y se sigue complicando muy rápido, más rápido de lo que los médicos esperaban. Cuando me internaron me dijeron que solo me quedaban siete días de vida y que la única solución posible era un trasplante de corazón. Pues… al parecer no llego a los siete días y no hay corazón, así que no sé si voy a poder volver a comer tu *brownie*, pero te pido por favor que nunca dejes de hacerlo, que se lo hagas a mi hermana y a los mellis, que ellos lo van a disfrutar por mí.

Nelly, sé que muchas veces te miré a los ojos y te dije la palabra «gracias», pero siento que para que sea del tamaño de lo que siento, debería tener mil millones de letras más.

En esos días de terror y confusión después de la noticia del accidente de nuestros padres, vino a vernos un asistente social y nos explicó que, como yo tenía dieciocho años recién complidos y Mar quince, no podíamos vivir solas, teníamos que vivir con algún familiar que se hiciera cargo de nosotras o, si no, a Mar la llevarían a un centro de menores hasta que yo cumpliera los diecinueve y ahí sí podría hacerme cargo de ella.

Teníamos solo veinticuatro horas para que se pusieran en contacto con algún familiar, pero, como sabes, no tenemos familia. Ni abuelos vivos, ni tíos, solo éramos cuatro en un país en el que no nacimos, y en ese momento la cifra se había reducido violentamente a dos.

No sabía qué iba a hacer y aunque no me salió ni una lágrima esa noche, la angustia se convirtió en insomnio y el insomnio en idea.

Ya sabes cómo continuó la historia, pero recordarla hace que te quiera aún más, y si algún día pierdes la memoria (ja, ja, ja), ojalá alguien te lea estas líneas: esperé a que se hicieran las 8 de la mañana para que te despertaras y llamé a tu puerta para pedirte un pequeño favor. Necesitaba que te convirtieras en nuestra tutora legal hasta que Mar cumpliera los dieciocho para no tener que separarnos. Hiciste una pausa de diez segundos y con la cabeza me dijiste que sí, mientras con la boca me preguntabas cómo íbamos a organizarnos. Yo te expliqué que sabía dónde habían guardado mis padres el dinero y las claves de los bancos, así que el aspecto económico no sería un problema, pero teníamos que trazar un plan perfecto y detallado para que nos creyeran. En el plan diríamos que vendrías a vivir con nosotras, aunque te pedí que nos dejaras solas. Te expliqué que, si descubrían que todo era mentira, quizá te arrestaran... Tú sonreíste y me dijiste que sería nuestro gran secreto.

Todo fue fácil gracias a ti, Nelly. No sé aún si fuiste una loca inconsciente o un ángel... Creo que fuiste las dos cosas, ja, ja, ja. Respetaste nuestro espacio sin invadirlo, pero sin abandonarnos, lograste el equilibrio perfecto entre soledad y compañía, porque, aunque no durmiéramos juntas, no hubo un solo día en el que no llamaras a nuestra puerta para traernos pan o alguna receta rica de tu autoría.

Cada vez que enfermamos te ponías las alarmas en el móvil para recordarnos cada toma de antibióticos. Cada vez que ibas a pagar las facturas de tus servicios nos ofrecías pagar las nuestras...

¡Solo siento gratitud por ti, mujer inmensa! Eres el amor personificado: nos has dado todo siempre sin esperar nada a cambio, nos has dejado ser y hacer sin meterte, solo observando, acompañando y amortiguando.

En todos estos años he visto cómo el pelo se te ha ido poniendo cada vez más blanco. Has ido bajando el ritmo al subir y bajar las escaleras, pero tus manos siempre huelen a lejía, tu casa a esencia de vainilla y tus abrazos mullidos a abuela.

Te elegí sin saber en lo que te ibas a convertir y creo que nos elegiste sin saber lo que te íbamos a querer. Nos adoptamos.

No sé si podré llegar a conocer a los mellis, Nelly, así que te pido que les hables de mí, que los mimes como a nosotras y que me cuides a Mar… Te lo pido igual que aquella vez, pero esta vez sabiendo que eres la mejor elección que pude haber hecho.

Fuiste, eres y serás nuestro ángel en la tierra. Gracias, gracias, gracias.

Con amor, Eva

La gratitud
es la memoria
del ♥

Lao-Tse.

Jueves, 14 de febrero, 11 h.

De mí para mí:

A mi cuerpo:

Perdón por hacerte aguantar tanto, no te lo merecías. Lamento no haber pedido ayuda hasta el punto de haber tenido que pedir auxilio.

Perdón por haberte ignorado, por no haber reconocido tus señales, por haberlas subestimado.

Dicen que uno no valora lo que tiene hasta que lo pierde y, en este caso, tristemente, es verdad. No te valoré hasta ahora que solo eres los escombros de mi falta de conciencia, pero no me rindo: a partir de los escombros solo queda construir. No puedo volver el tiempo atrás, pero me atrevo a jurarte que, si la vida nos regala una nueva oportunidad, me encargaré de recompensarte, amarte y honrarte como siempre te lo has merecido, mi guerrero.

¡Ahora te veo! Veo las noches que te intoxiqué de café para obtener resultados que impresionaran vete tú a saber a quién.

Veo la cantidad de pastillas que tomé para tapar el dolor y el cansancio, para silenciarte, cuando lo único que estabas haciendo era protegerme.

Veo que siempre estuviste de mi lado y yo nunca estuve del tuyo.

Veo que me avisaste cada vez que iba más rápido que la vida, para que la muerte no me alcanzara antes.

Veo que estuviste ahí, siempre, para mí, a pesar de mi rechazo.

Quizá sea tarde, quizá ya no sirva, pero siento que mientras respire estoy a tiempo de decirte: ¡gracias!

Gracias, pies y piernas, por permitirme llegar a todos lados; gracias, brazos, por permitirme rodear y sentirme rodeada por un abrazo cada vez que me sentía sola o rota.

Gracias, cuerpo delgado, por protegerme del frío, del calor, del maltrato… Ahora entiendo que no eres valioso por tu tamaño sino por tu resistencia.

Gracias, corazón, por haber llegado hasta aquí, aunque me gustaría tenerte conmigo hasta el final, tal vez tenga que seguir sin ti y prometo recordarte con respeto, honor y gratitud. ¡Fuiste un campeón! Supiste convertir toda la mierda que te mandé en abono para crecer, para florecer y para seguir intentándolo una y otra vez.

Gracias, corazón, por enseñarme que el amor es el camino. No veía claro a quién darle todo eso que sentías… Era a mí, era amor propio lo que necesitaba y, aunque me diera cuenta un poco tarde, te doy las gracias por haberlo intentado hasta las últimas consecuencias.

A mi mente:

Gracias por no rendirte, gracias por ver luz hasta en la más absoluta oscuridad.

Gracias por ser un manojo de voluntad sin importar el tamaño de la adversidad.

Sé que esta situación te tiene revuelta, confusa y enfadada.

Escúchame lo que te voy a decir: «Tranquila, todo está acomodándose».

Estos días a solas he hecho algo que nunca hubiera podido hacer: he soltado el control, he abrazado el miedo y la incertidumbre.

Toca confiar en la vida, toca elegir tu paz.

Gracias por dejarme esconder debajo de ti, por ser mi paraguas durante todo este tiempo, pero te libero…, me toca bailar bajo la lluvia.

Ojalá podamos seguir juntas y en un tiempo contar todo esto como una gran anécdota.

Gracias, mente, ha sido un placer compartir estos treinta y tres años contigo.

A mi enfermedad:

Ya no te odio, no te tengo miedo y hasta te estoy un poco agradecida.

No sé qué va a pasar a partir de aquí, pero sé qué habría pasado si no hubieras llegado: yo no habría estado a solas conmigo y me habría ido sin haberme conocido.

Esta pausa forzada me ha hecho tomar consciencia del milagro que es la vida. He conocido y valorado el silencio, el ruido de los pájaros por la mañana, el olor a pan tostado, el cielo turquesa, la sensación de caminar descalza, el poder de cambiar mi energía solamente permitiéndome sonreír o llorar.

Quedarme conmigo misma me ha obligado a conocerme, aceptarme, perdonarme y amarme. Ahora me caigo de puta madre y desde mi punto de vista merezco otra oportunidad, pero bueno, suelto y confío en el plan de mi alma.

Querida yo: te amo, no te rindas, queda mucho por vivir, queda mucho por sentir.

i hoy

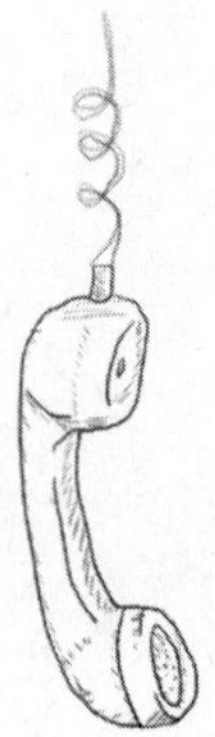

—Hola, ¿qué tal? ¿Este es el teléfono de Mar?

—Hola, sí, soy su marido.

—¿Pepe?

—Sí, Pepe, ¿quién habla?

—Hola, Pepe, mi nombre es Rosita y soy la enfermera de Eva, ella dejó este contacto para emergencias y pidió que no nos pusiéramos en contacto salvo en caso de que pasara algo grave.

—No entiendo nada, Eva está de viaje desde hace unos días.

—Eva no está de viaje, está internada desde el domingo 10 de febrero. Ingresó con un cuadro de desmayo debido a la complicación de su enfermedad preexistente.

—¿Qué enfermedad? No entiendo nada. ¿Por qué no me llama ella?

—Acaba de sufrir una descompensación y no puede hablar. Lo correcto sería que se acercaran a recibir el parte médico aquí mismo. ¿Creen que es posible?

—Lo siento, pero no, están preparando a mi esposa Mar para dar a luz y no me puedo ir ahora… ¿Cómo es de urgente?

—Bueno, no debería darle esta información por teléfono, pero quiero mucho a Eva, así que voy a hacer una excepción. Eva está esperando un trasplante de corazón y, justo cuando su cuerpo colapsó, llamaron de emergencias para avisar de que en una hora iba a llegar ese corazón. Necesitamos urgentemente autorización de un familiar, de modo que, considerando que no puede venir, tendré que ir con los papeles hasta allí. Ahora le escribo un mensaje y me envía su ubicación exacta, por favor. Yo estoy en el Hospital Central y cada minuto cuenta.

—Nosotros también estamos en el Hospital Central, en el cuarto piso, en el área de urgencias obstétricas.

—No me lo puedo creer, ¡qué milagro! En cinco minutos llego, no tardo. Tengo el pelo corto y canoso.

—Ok, la espero, muchas gracias.

;

Viernes, 22 de febrero, 10 h.

Antes que nada… ¡Estoy viva!

El corazón que necesitaba llegó segundos antes de que mi cuerpo se apagara.

La cirugía duró casi seis horas y los médicos dudaban que funcionara porque el resto de mis órganos había sufrido mucho estrés.

Pasó algo maravilloso que aún no acabo de procesar: mientras me operaban, yo me salí de mi cuerpo y pude ver la preocupación de los médicos, los nervios de los instrumentistas, a Rosita rezando sola en mi habitación para que yo me salvara y a mi hermana pariendo… Tuve que morir unos minutos para presenciar el parto de los mellis. No podía darle la mano a mi hermana ni decirle lo orgullosa que estaba de ella, no podía abrazar a Pepe para felicitarlo ni coger en brazos a los mellis para darles la bienvenida, pero podía sentirlos a todos. Fue esa explosión de vida, ilusión y amor la que me hizo volver a mi cuerpo, la que me dio fuerzas para quedarme e intentarlo una vez más.

No sé si fue la vida o la muerte la culpable de este entramado manipulador, pero me convencieron y me quedé.

Escribo estas líneas para recordar lo que he vivido y lo que he aprendido.

Cuando perdí a mis padres, perdí la fe en la vida, perdí mi por qué y mi para qué, simplemente me puse una coraza enorme para protegerme de sentir, de padecer… Mi coraza funcionaba perfectamente, me aislaba de cualquier tipo de emoción que pudiera hacerme perder la estabilidad o distraerme del hacer.

La indiferencia se convirtió en mi fortaleza y la productividad en mi escudo. Decreté que en mi vida no cabían las emociones y poco a poco me fui convirtiendo en un robot.

Cerré mis ojos y mi corazón para mirar solo con la mente. Mi mente me mantuvo en una jaula con la puerta abierta para convencerme de que era libre, pero que fuera había peligro, peligro de sentir. Elegí quedarme dentro, elegí rechazar mi libertad.

Pero la vida no perdió la fe en mí y ante mi negativa tomó drásticas medidas. Decidió sacarme de la jaula y meterme en una pecera. Se aseguró de que nadie pudiera interrumpir mi soledad, me condenó a estar incomunicada y a solas conmigo misma durante los cinco días que duró mi juicio final. No había público, no había testigos, fiscales, abogados, ni siquiera culpables…; solo estaba la jueza, y era yo. Mi juicio hacia mí misma me había condenado a una muerte inminente y solitaria.

Vaya jugada magistral la de la vida. Mi hermana pariendo, mi amiga de luna de miel, mi madre del corazón sin poder acompañarme por no ser familiar directo, mi móvil sin señal y un 14 de febrero, el día de los enamorados, a pocos minutos de que mi cuerpo colapsara, un ángel anónimo me regaló un corazón en perfecto estado, con pocos kilómetros y dispuesto a darme una nueva oportunidad.

Sé que no es legal y tal vez no pueda hacerlo, pero me gustaría saber a quién le debo la vida. Quiero conocer a esa familia y jurarles que haré que cada segundo cuente, que voy a honrar su ausencia estando más presente que nunca… Antes sentía que no merecía ser feliz, ahora siento que tengo el deber, la misión de ser feliz, por mí y por el dueño o la dueña de este corazón.

Antes de esto no sabía si mi cuerpo tenía un corazón, ahora sé que mi corazón tiene un cuerpo y que ese cuerpo prefiere andar liviano.

Dejo aquí y ahora mi coraza y escudo, no tengo nada que temer ni nada de qué protegerme si me elijo y me amo.

Pensaba que tenía dominio total sobre mis emociones, pero no, las emociones no se dominan, igual que no se puede tapar el sol con el dedo o ponerle una tapa a un volcán en erupción. Solo las estaba acumulando y, como todo lo que se estanca, dejando que se pudrieran dentro.

Rechacé la tristeza por la muerte de mis padres y no los lloré. La tristeza es la emoción que venía a decirme que debía despedirme de algo que quería mucho, de algo que era valioso e importante para mí. Ignorándola, evadí mi duelo. Cambié lágrimas por trámites y, en vez de dejar que mi cuerpo se desparramara en el sillón a llorar, puse el pie en el acelerador y cambié lágrimas por responsabilidades. En vez de hacerme cargo de mi dolor, me hice cargo de mi hermana, mi casa, la sucesión y cualquier otra cosa que sirviera como vía de escape.

Pero la tristeza no se fue a ningún lado, se quedó dentro y empezó a descomponerse y desprender un terrible olor a culpa que se metió en cada una de mis relaciones.

A pesar de tratarla de injusta, la vida me sigue amando y me encerró cara a cara con la tristeza. Ya no pude esquivarla y tuve que atravesarla. La sentí. Sentí tristeza por mí, por todo lo que tuve que pasar… Dejó de oler a culpa y empezó a oler a autocompasión. Esa fue mi manera de atravesar mi coraza, de verme desnuda…, esa fue mi manera de homenajearme.

El enfado tampoco tuvo lugar en mi perfecto plan de acción. Papá siempre me había dicho que yo era muy temperamental, que si no cambiaba mi manera de ser me iba a quedar sola y que «el que se enoja pierde». Calculo que, por alguna especie de lealtad oculta, convertí esas frases en estrategia, después de todo yo no quería quedarme sola ni perder. Pero, como dijo el famoso Carl Jung: «Todo lo que niegas te somete, todo lo que aceptas te transforma». A solas, recordando todas mis «historias de amor», me di cuenta de que para que no vieran mi temperamento y me dejaran sola, me rechacé, me negué a mí misma y borré todo tipo de límite para no molestar al otro.

Antes me enfadaba y nadie se atrevía a pisar mis límites, dejé de enfadarme y cedí mi espacio personal y mi propia existencia. Me faltaron al respeto de mil maneras distintas y yo lo permití porque decidí que no había nada que respetar.

En estos cinco días de encierro lloré de rabia y de impotencia. Me miré al espejo con los ojos inyectados en sangre y casi como una orden me dije a mí misma: «Hasta aquí, tienes que vivir y punto». Esta orden llegó a cada uno de mis huesos, a cada una de mis células y al mismísimo universo.

Lamento que mi temperamento no enorgullezca a papá, pero he entendido que me tiene que enorgullecer a mí. Una persona segura de sí misma no tiene miedo de vivir sola, tiene miedo de vivir mal acompañada. Una mujer segura de sí misma es una amenaza para hombres inseguros, así que la evitan. Si hubiera sabido esto antes, no habría atraído a celosos, machistas, narcisistas y otros condimentos... Hoy me elijo, papá, me acepto y honro mi carácter tal cual es, entendiendo que el enfado es guardián de mis límites y alarma anticapullos.

¿Qué hay del miedo? Pues he entendido que el miedo es la emoción que me avisa de que estoy por hacer algo nuevo, algo que no conozco. Me gustaría decir que no tuve miedo, pero no creo que sea honesto ni humanamente posible. Creo que tuve mucho miedo a la incertidumbre y mi manera de negarlo fue justamente tratando de controlarlo todo, buscando la mayor cantidad de certezas posibles. Convertí el miedo en una *checklist* de quehaceres que se pudieran tachar. Pero el control es una ilusión. La vida trató de incomodarme muchas veces sacándome a patadas de lugares en los que no tenía que estar. Y yo, en lugar de aceptarlo y verlo como bendiciones ocultas, lo percibí como amenaza y lo usé para infravalorarme y autocastigarme.

No hay mayor pérdida de control que la muerte de un ser querido y, por lo tanto, no hay mayor toma de consciencia sobre nuestra posición en la vida. No decidimos lo que nos va a pasar ni cuándo, solo podemos decidir cómo afrontarlo, cómo integrarlo y cómo transformarlo en algo que nos nutra, nos construya y nos dé fuerza para seguir avanzando.

La alegría y el amor, dos de las emociones más placenteras que se pueden sentir, solo pasaban de vez en cuando a recordarme que no eran para mí, que no las merecía. Tal vez por eso evadía las vacaciones, el ocio y la amistad. Tal vez por eso evadía a las personas que estaban emocionalmente disponibles y me acercaba a las que no. Le negué a mi corazón los químicos buenos y solo le di estrés y disgustos.

Estoy lista para tomarme la vida menos en serio, estoy lista para volver a jugar y reír hasta sentir que me hago pis.

Quiero dejar de perseguir zanahorias y correr para llegar a impresionar a quién sabe quién. Quiero abrazar a esa mujer ambiciosa que sentía que detenerse era mediocridad y decirle que no es así, que está bien detenerse para coger aire e impulso, que las pausas son tan productivas o más que la acción.

Hoy me permito soñar con los ojos abiertos, visualizar lo que quiero para mí, con la certeza de que, si ese deseo fue puesto en mi corazón, es porque quiero, puedo y merezco cumplirlo.

Hoy sé que el sol es un regalo, pero los días lluviosos también, y más aún si se acompañan de té caliente y autoestima fuerte.

Hoy juro lealtad a mis cinco sentidos. Juro comer rico y saborear lento. Juro acercarme a oler a cada flor bonita que me llame la atención y perfumar mi hogar y mi piel por y para mí solamente. Juro escuchar música que me ayude a desbloquear mis emociones y poesía que me ayude a enamorarme cada día más de mí misma. Juro dar y recibir muchos abrazos. Juro estar atenta a los colores, los detalles, las miradas que hablan.

Le juro a mi intuición, que es mi sexto sentido, guardar silencio para escucharla y confiar plenamente en su criterio. Incluso le doy prioridad como voz principal porque ella nunca me ha mentido.

Renuncio a ser perfecta. Destierro la palabra perfección de mi vida y la reemplazo por «autenticidad». Sé que no será fácil, pero entiendo que detrás de esa emoción que tanto evitaba se esconde la paz que tanto deseaba. Detrás de la culpa que sentí por lo que les pasó a mis padres, se esconde la libertad que deseo para vivir con plenitud esta nueva oportunidad.

Yo era de las que decían que la vida es injusta, pero hoy, con mucha humildad, reconozco que, a su manera, inentendible para esta cabeza tan cerrada, la vida pone a todo y a todos donde tienen que estar.

Lo que percibimos como injusticia es en realidad nuestra falta de fe y nuestra propia resistencia a aceptar que hay un plan perfecto para cada uno de nosotros. Que, si nos perdemos, desviamos, distraemos o rendimos, la vida viene a darnos un coscorrón a ver si reaccionamos. Que no existe ni una persona viva sin un para qué.

A veces sentimos que no tenemos propósito, habilidades, talentos o algo que nos haga diferentes, únicos o especiales. Pero no es así; si ocupamos un lugar en este plano es porque sí tenemos una misión.

La religión nos desconectó de nuestro propio poder, la política nos separó ideológicamente y el dinero nos clasificó. Y vamos por la vida distraídos, en piloto automático, haciendo lo que se supone que un humano debe hacer.

En cuanto a mí, hay algo que veo muy claro: todos los hechos y personas que pasaron por mi vida fueron forjándome. El fuego me quemó y los golpes me dolieron, pero ahora sé que no soy de cristal, que soy de acero, del bueno…, de acero inolvidable.

Con el diario del lunes puedo dar fe de que la vida me ama y me va a mostrar mi «para qué» cuando esté lista, me va a poner en el lugar preciso, en el momento preciso y ante las personas precisas. Seguiré trabajando en conocerme, perdonarme, aceptarme y amarme. Sé que el amor propio es el camino. Así que seguiré caminando, con disfrute y gratitud.

La vida nos ama tanto que insiste. Solo pretende que seamos felices y, aunque a veces parezca que no, el tamaño del desafío que nos toca afrontar es directamente proporcional a la felicidad que sentiremos al lograrlo.

Como en la naturaleza misma: «Todo lo que no crece muere»... No sabía para qué había venido a este mundo, no sabía qué don o talento tenía, no sabía cuál era mi «propósito», y de solo pensarlo me sentía inferior o vacía. Hoy lo sé: vine a irme mejor de lo que llegué y a estar al servicio de los que me necesiten para irse mejor de lo que llegaron.

¡Mi San Valentín soy yo! Me voy a regalar flores, bombones y un libro hecho con estas cartas. Me voy a despertar todos los días con una sonrisa y me voy a ir a dormir todas las noches con un te amo. Solo dejaré entrar a esta bonita relación a quien pueda reforzarla.

Mi corazón nuevo necesita algunos ajustes aún, pero tengo tiempo, paciencia y ganas. Después de todo, cualquier precio es poco para el superpoder que me ha dado: ya no le temo a la vida, me entrego en cuerpo y alma a esta maravillosa experiencia.

Porque... mientras respire, estoy a tiempo.

Eva

ya no
le temo

a la
~~muerte~~ vida

Agradecimientos:

Mis padres me enseñaron de pequeña que era de buena educación decir «**permiso**», «**por favor**» y «**gracias**».

Así que, si has llegado hasta aquí:

Permiso para quedarme en tu historia.

Por favor, no olvides nunca que el amor de tu vida eres tú y que viniste a ser feliz, así que no dejes que nada ni nadie te distraiga.

Gracias por no bajar los brazos, sé que te han pasado mil cosas y aún sigues aquí, leyendo textos de amor.

Gracias por compartir tu tiempo conmigo.

Gracias por ser y estar al otro lado.

Gracias, gracias, gracias.

Con amor, Leti.